孤城《こじょう》の蠕《うご》めき

中大兄皇子《なかのおおえのおうじ》の野心《やしん》

村木哲史
Muraki
Tetsushi

風詠社

目次

関係略図

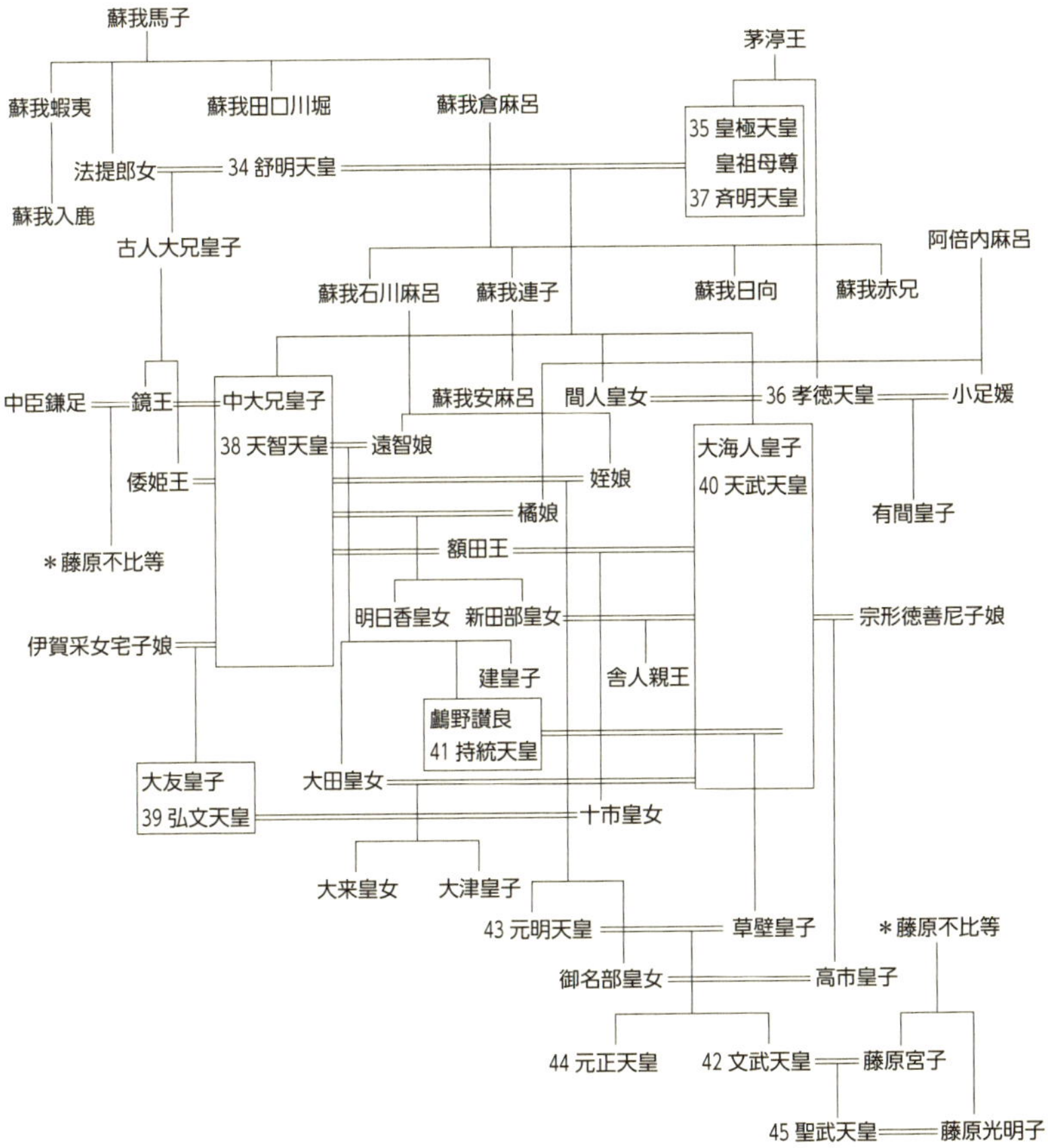

数字は天皇代位

装幀　2DAY

孤城《こじょう》の蠕《うごめ》き

中大兄皇子《なかのおおえのおうじ》の野心《やしん》

消された野望

「ふぅー」

中大兄皇子《なかのおおえのおうじ》（後の天智天皇）は大きく息を吐いた。

西暦六四五年（皇極天皇四年）七月十一日、夜が明けて間もなくのことであった。

甘樫丘《あまかしおか》の蘇我蝦夷《そがのえみし》の要塞とも思える邸宅が真っ赤な炎に包まれていた。

数百メートル離れて陣を敷いていた中大兄皇子からも、はっきりと目視できていた。

「終わったな」

うっすら髭が伸び、昨夜は一睡もしていないためか顔も黒ずみ、少し疲れた感じで二十歳の中大兄皇子は左わきにいる、中臣鎌足《なかとみのかまたり》に語りかけた。

昨日からの雨も上がり、朝の光がまぶしく馬上の二人の顔を照らしていた。

ただ、衣服はずぶぬれで、七月とはいえ早朝の空気は肌寒く感じられた。

「終わりましたね」

中臣鎌足は中大兄皇子より十二歳ほど年上であったが、ここ数日ほとんど睡眠を取っていなかった。さすがに疲労のためか充血した目で、また少し頬もこけた感じで、中大兄皇子にうっすらと微笑みかけた。

続けて何か言いだそうとした時、

「中大兄皇子様、蘇我蝦夷《そがのえみし》は炎の中に居るようです。逃げ出した兵士は念のため皆捕らえましたが、蝦夷はおりませんでした」

蘇我倉山田石川麻呂《そがのくらやまだのいしかわまろ》が馬を走らせて、息を切らせて声を震わせながら、いっきにたたみ掛ける様に二人に向かって叫んだ。

「そうですか。ありがとうございました。お疲れでした」

中大兄皇子は軽く労《ねぎら》いの言葉をかけた。

昨夜は、蝦夷の邸宅の周りには中大兄皇子の大軍と化した、兵士が二重三重に取り囲み、蟻のはい出る隙もなかった。

夜の戦いにも、しっかりと備えていた。

蘇我石川麻呂は、三十八歳になり中大兄皇子や中臣鎌足よりも年上であった。れっきとした蘇我一族であり、蘇我蝦夷の弟の子で蘇我入鹿《そがのいるか》は従兄《いとこ》であった。

蘇我石川麻呂は剛毅果敢で威望《いぼう》が高く、武力にもたけて乗馬に関してもかなり卓越した技量を持っていた。

しかし、蘇我蝦夷、入鹿親子の横暴で専制的な政治体制、さらに二年前の蘇我入鹿による山背大兄王《やましろのおおえのおう》（聖徳太子の子）襲撃事件に大きな絶望を感じ、また蘇我氏内部の権力抗争もあり反蘇我氏と言うべき中大兄皇子の組織の一員に加わったわけである。

娘の遠智娘《おちのいらつめ》を中大兄皇子に嫁して、蘇我石川麻呂は義理の父でもあった。

昨日の蘇我入鹿の殺害の時は上表文を読み上げる重要な役目を果たしていた。

「炎の中で蝦夷殿は自害したようですね」

中臣鎌足は落ち着いた口調で、中大兄皇子に確認するように話しかけた。

「そうですね、終わりましたね」

中大兄皇子は、ニヤリとしながら続けて、

「あと、一人残っていますがね」

鎌足は言葉の意味が分からなかった。

鎌足がその言葉の意味が分かるのは、二箇月ほど先であった。


前日の七月十日、蘇我蝦夷は雨の中で血と泥がべっとりつき、それが黒ずんだ模様であるかのような衣服をまとった、我が子入鹿の首の無い死体を見たとき、その光景が現実とは思えなかった。

蝦夷は、ただただ悪夢にうなされているようであり、この恐ろしい夢から一刻も早く目覚めたかった。

入鹿はあれほど、用心深く身を守っていたのに、なぜにこのようなことになってしまったのか。

蝦夷は何も考えることもできず放心状態であった。

夜戦に備える様に兵士達に指示は出したが、蝦夷はすでに戦う気力を失っていた。

昨日までは、天皇までもが蝦夷、入鹿親子の言いなりであり権力の頂点に立っていた蝦夷であった。

しかし、入鹿が三十五代天皇として皇極天皇《こうぎょくてんのう》（中大兄皇子の母）を即位させたことは、大きな過ちであった。

今回の入鹿の暗殺も女帝の皇極天皇と、その弟の軽皇子《かるのみこ》（後の孝徳天皇《こうとくてんのう》）が計画の中心人物であり、若い中大兄皇子らによって実行された事件であった。

「入鹿、無念であったろう。大半の兵士は逃亡してしまったし、中大兄皇子の大軍に包囲されてしまったな」

群臣達に最も恐れられていた蝦夷であったが、唇《くちびる》を噛みしめ涙を流した。

自分は捕らえられ、中大兄皇子に首をはねられる様な無様《ぶざま》な姿は絶対に見せたくない。

蝦夷は邸宅のあらゆる場所に火を放った。

「入鹿悔しかったであろう。無念！」

一言叫んで、炎の中で自ら頸動脈《けいどうみゃく》を切った。

蝦夷五十九歳の生涯であった。

七月十日、その日は雨が降り続き肌寒い日で、飛鳥王朝の宮殿の飛鳥板葺宮正殿《あすかいたぶきのみやせいでん》で、高句麗、百済、新羅の三国からの上進物を皇極天皇が受け取る、三韓調《さんかんみつき》の儀式に参列するために大臣《おおおみ》の蘇我入鹿は多くの護衛の兵士と共に出かけて行った。

「父上、今日は三韓調の儀式がありますので、行って参ります」

「入鹿くれぐれも気をつけて」

その朝は何気ない会話で入鹿は邸宅を後にした。

入鹿は、二年前の西暦六四三年に古人大兄皇子の天皇擁立の妨げになると考え、山背大兄王を攻撃して、自害に追い込んだ事件以降、皇極天皇、中大兄皇子らに秘密裡に命を狙われていた。

蝦夷、入鹿親子は命の危険を察知して、飛鳥板葺宮から一キロほど離れた甘樫丘《あまがしおか》に要塞とも思える邸宅を並べて建設し、しっかりと防御を固めて役所にも出向かず全て邸宅で執務を行っていた。

甘樫丘は標高一四〇メートル程の高台であり、攻め込むのは難しい地形であった。

いかにして、入鹿を外出させ暗殺するか。

皇極天皇、軽皇子、中大兄皇子、中臣鎌足、蘇我石川麻呂達の難問であった。

熟慮を重ねた結果が、今日のこの仕組まれた三韓調の儀式であった。

また、その儀式には入鹿が後ろ盾になり、次の天皇の最有力候補の古人大兄皇子《ふるひとのおおえのおうじ》も参列するということで、入鹿も気を許したところがあった。

その儀式の最中に皇極天皇と、何も知らずに参列していた古人大兄皇子の目の前で入鹿は中大兄皇子と中臣鎌足によって、首をはねられ惨殺された。

蘇我入鹿三十六歳の生涯であり、巧みに仕組まれた凄惨《せいさん》な事件であった。

世に言う乙巳《いっし》の変《へん》である。

その後、入鹿の首のない死体は、中大兄皇子らによって甘堅丘の蝦夷の邸宅の門前に置かれたわけである。


日が西に傾きかけていた。

「鎌足殿そろそろ引き揚げましょうか」

蝦夷の邸宅もすでに燃え落ちようとしていた。

「はい、そうですね、多くの兵士も疲れていると思われます。引き揚げますか」

中臣鎌足も中大兄皇子に同意した。

中大兄皇子は蘇我石川麻呂の方を向いて、

「石川麻呂様引き揚げましょうか」

軽く声をかけた。

「中大兄皇子様、私はもうしばらく様子を見て最後の確認をしてから引き揚げます。お先に引き揚げて、皇極天皇と軽皇子様にご報告下さい」

石川麻呂の顔も疲労の色はあったが、にっこりと軽く会釈した。

「おお、石川麻呂様申し訳ない、私と鎌足殿はいったん引き揚げて、母上（皇極天皇）と軽皇子様に報告を申し上げてきます」

「はい、よろしくお願い致します」

中大兄皇子と中臣鎌足は過半数の兵士を連れて、皇極天皇と軽皇子が待つ、飛鳥板葺宮に戻って行った。


「鎌足殿も一緒に来て下さい」

中大兄皇子は中臣鎌足をうながして、皇極天皇の待つ内裏《だいり》に向かった。

五十二歳の皇極天皇と二歳年下の弟の軽皇子は待ちわびていた感じであった。

すでに、内裏にも火がともり、あたりは暗くなりかけていた。

軽皇子の痩せて骨ばった顔に夕闇の影ができていた。

いつもの、少しおどおどした口調で、軽皇子が即座に話し出した。

「中大兄皇子様、中臣鎌足殿お疲れ様でした。首尾はいかがでございましたか」

続けて皇極天皇も、

「私達も昨夜は一睡もできませんでした。伝令の兵士により大まかな状況は聞いておりますが、蝦夷殿は自害されたようですね」

化粧もしていない疲れた顔であったが、安堵感が感じられた。

中大兄皇子は昨夜来のことを、事細かに丁寧に二人に話した。

「お疲れ様でした。今日はゆっくり身体を休めて下さい。今後のことは明日また相談致しましょう」

皇極天皇は落ち着いた口調で二人に言った。

「はい、母上ありがとうございます。明日、また参上致します」

中大兄皇子は、軽く微笑みながら丁寧に頭を下げて、中臣鎌足と共に内裏を後にした。

それぞれの思惑

翌日の七月十二日、中大兄皇子が目覚めたのは、日が高く昇った昼過ぎ頃であった。

「しまった。寝過ごしてしまったか」

急いで、身支度を済ませて皇極天皇のいる飛鳥板葺宮に向かった。

すでに、皇極天皇、軽皇子、中臣鎌足、蘇我石川麻呂はそろって雑談をしている様であった。

「遅くなって申し訳ありません。寝過ごしてしまいました」

中大兄皇子は、軽く会釈をしながら急ぎ足で軽皇子の正面に座った。

「中大兄皇子様、お疲れ様でした。では、始めますか」

軽皇子が周りを見まわしながらゆっくりとした口調で話し出した。

すぐに皇極天皇が話を続けた。

「今日をもって、私は天皇を退きます。先の入鹿殺害の件で、私が責任を取ったということにしようと思います」

そして、はっきりとした口調で同意を求めた。

「次の天皇には中大兄皇子様になっていただきたいと思います」

皇極天皇は無表情であったが、自分の子の中大兄皇子に譲位したいという強い気持ちを表していた。

皇極天皇五十二歳での退位であった。

中大兄皇子は手を顔の前で軽くふり、笑いながら天皇即位を辞退した。

「私は天皇になれる器でもないし、一昨日の事件のこともあります。今回の天皇即位に関しては、お引き受けしない方が良いと思います」

と軽く言った後、周りを見回しながら、

「弟君の軽皇子様が天皇に即位されるのが、最も良いと思われます」

二十歳の中大兄皇子であったが、鎌足は言葉とは裏腹に天皇に即位する気持ちは充分に持っていると感じていた。

中大兄皇子自身も鎌足と蘇我石川麻呂は私を天皇に押すだろう。

そこで、再度私が軽皇子を天皇に押すことによって、私が天皇を辞退して軽皇子を天皇にしたように周りに見せたいと考えていた。

また、軽皇子は自分が天皇になりたいがために、二年前に天皇の有力候補であった、山背《やましろの》大兄王《おおえのおう》（聖徳太子の子）を蘇我入鹿と共に攻撃して自害に追い込んでいた。

その後は入鹿を裏切り、七月十日の乙巳の変で蝦夷、入鹿親子の殺害に成功し、この機会に天皇即位を狙っていた。

すぐに蘇我石川麻呂が、

「そうですね。軽皇子様お引き受け下さい」

中大兄皇子は、蘇我石川麻呂の言葉に強い不快感を持った。

ん、何んでだ。蘇我石川麻呂は娘の遠智娘を私に嫁がせておきながら、何んで軽皇子を押すのだ。

蘇我石川麻呂の真意を計りかねた。

「中大兄皇子様、天皇の即位お受け下さい」

中臣鎌足が口を開いた。

瞬間、軽皇子がその言葉を打ち消すかのように、

「古人大兄皇子《ふるひとのおおえのおうじ》様はいかがであろうか」

突然、思いついたように、中臣鎌足の言葉をさえぎった。

古人大兄皇子は三十四代の舒明天皇《じょめいてんのう》と蘇我蝦夷の妹の法提郎女《ほほてのいらつめ》の皇子であり、中大兄皇子とは父は同じで、母が違う七歳年上の兄であった。

蘇我石川麻呂がすぐさま同意した。

「そうですね。古人大兄皇子様が良いかも知れませんね。軽皇子様、ご一緒にお願いに行ってみますか」

皇極天皇も、蘇我石川麻呂の言動を奇異に感じていたが静かに聞いていた。

「それでは、軽皇子様と蘇我石川麻呂様、二人でご一緒に、古人大兄皇子様にお願いに行かれてみてはどうですか」

中大兄皇子は強い言葉で吐き捨てるように言った。

皇極天皇にも、中大兄皇子の蘇我石川麻呂に対する不信感が強く伝わってきた。

中臣鎌足は、中大兄皇子様は軽皇子様のことはもともと信じてはいなかったであろうが、石川麻呂様には裏切られた思いではないだろうかと感じていた。

軽皇子も蘇我石川麻呂も急ぎ足で内裏を出て行った。

「二人が戻るまで休憩に致しますか」

皇極天皇が中大兄皇子に向かって確認するように言った。

「そうですね。そう致しましょう」

中大兄皇子が軽く返事をして休憩になった。

中臣鎌足は気分転換に一人で庭に出て行った。


しばらくして、軽皇子と蘇我石川麻呂が息を切らせて足音高く帰ってきた。

軽皇子が息を弾ませながら、すぐさま口を開いた。

「古人大兄皇子殿は出家をされるそうです。天皇はお受けできないそうです」

当たり前の話であった。

蘇我蝦夷、入鹿の後ろ盾を失った古人大兄皇子が、いまさら天皇即位を受けるはずがなかった。

蘇我石川麻呂がすぐ続けて、

「軽皇子様、天皇に即位いただけませんでしょうか」

軽皇子も即座に天皇即位を受諾した。

「分かりました。皆様にご推挙いただいているようですし、それでは私が天皇に即位致します」。

皇極天皇も中大兄皇子も中臣鎌足も、軽皇子と蘇我石川麻呂の言動に唖然とし、何か納得しがたい疑念の様なものを感じていた。

特に中大兄皇子は今まで蘇我石川麻呂を信頼していたので、その信頼が音をたてて崩れ去っていくようであった。

しかし、全員一致と言うことで軽皇子が天皇に即位することになった。

倭国で初めての天皇の生前譲位であった。

山背大兄王が自害し、蘇我蝦夷、入鹿も死んだことで古人大兄皇子も後ろ盾を失い、天皇候補が居なくなった今は、軽皇子は自分しか天皇候補はいないと考えており、思惑どおりの天皇即位であった。

軽皇子は姉の皇極天皇の子で、自分より三十歳も年下の中大兄皇子が天皇になるのは、まだまだ力不足と見下していた。

それぞれの思惑が交錯する中での三十六代孝徳天皇の誕生であった。

軽皇子五十歳であった。

軽皇子にしてみれば、年齢的にも天皇に即位できる最後の機会であり、ただ一回の機会であった。

「姉上、皆様お疲れのことと思います。今日はここまでにして、明日また話し合うと言うことにしてはいかがですか」

軽皇子が、姉の皇極天皇に向かって安堵感が漂った口調で言った。

「皆様いかが致しますか」

皇極天皇の言葉に、同意して今日はいったん終了と言うことになった。

中臣鎌足は帰りがけに、中大兄皇子に首をひねりながら小声で呟《つぶや》いた。

「今日の軽皇子様と蘇我石川麻呂様の言動には不自然なものを感じますが」

中大兄皇子も、かなりの憤りと不信感を持っていた。

「そうですね。私も鎌足殿の感じていることと、同じことを感じています」

気持ちを押さえながら鎌足の言葉に同意した。


前日の七月十一日の夜、軽皇子から蘇我石川麻呂に内密に、

「明日、皇極天皇は退位するでしょう。その時は次の天皇に是非とも私を推挙してほしい。私が天皇になった時は、石川麻呂殿に最高の位についていただきたいと考えています」

と言うような話があり、軽皇子のその言葉に蘇我石川麻呂は内心、左大臣を望んでいた。


翌日の七月十三日は晴天で暑い日差しが降り注いでいた。

午前中から皇極天皇、孝徳天皇、中大兄皇子、蘇我石川麻呂、中臣鎌足の五人による相談が始まった。

即座に孝徳天皇から発表があった。

「皆様方に是非ともご協力をいただきながら天皇としての役目をはたして行きたい。昨夜一睡もせずに思案致しました。これから今後の政治体制を申し上げます。姉の皇極天皇には皇祖母尊《すめみおやのみこと》の称号を奉じます。中大兄皇子様には皇太子になっていただきます。続いて左大臣には」

蘇我石川麻呂は自分の名前が呼ばれるものと思い、大きな心臓の高なりがあった。

「左大臣には阿倍内麻呂《あべのうちまろ》様を、右大臣は蘇我石川麻呂殿にお願いしたいと思います」

蘇我石川麻呂は愕然《がくぜん》とし肩の力が一気に抜けて行くのが分かった。

天皇に次ぐ時の最高権力者は左大臣であり、自分は左大臣になれるものとばかり思っていた。

阿倍内麻呂とは、豪族を代表する重鎮であり、五十歳を少し過ぎたかという年齢であった。

それに、阿倍内麻呂は生前の蘇我馬子とも近い間柄であり、三十四代舒明天皇（皇極天皇の夫）の即位に関しても大変力を注いでいた。

目鼻立ちがはっきりして声も大きく磊落《らいらく》で、あまり人に対して細かく気を使う様なことはなかった。

二人の娘がいたが姉の小足媛《おたらしひめ》は二十五歳であったが軽皇子（孝徳天皇）に嫁して、五年ほど前に有間皇子を出産していた。

また、妹の橘娘《たちばなのいらつめ》は十五歳であったが中大兄皇子に嫁していた。

しかし、今回の人事については義理の父にあたる阿倍内麻呂からは中大兄皇子には何の話もなかった。

阿倍内麻呂も五十歳を過ぎており、二十歳の中大兄皇子はまだまだ若僧と思い、軽くみていたのかも知れない。

中大兄皇子は強く自尊心を傷つけられ、はっきり不愉快であった。

阿倍内麻呂の左大臣には、皇祖母尊、中大兄皇子、中臣鎌足の三人も声にこそ出さなかったが、大変な驚きであり、はっきり言って反対であった。

阿倍内麻呂は先の蘇我入鹿殺害事件にもかかわっておらず、孝徳天皇が自分の妃の父親を左大臣に任命するなどとは三人とも考えてもいなかった。

しかし、孝徳天皇は秘密裡に阿倍内麻呂とも、この人事に関しても相談をしていた。

中大兄皇子は今回のこの人事の裏側を想像しただけで、自分を無視して進められたことに非常に腹立たしく、自分の顔を潰された思いで悔しく胃が痛くなるようであった。

「続いて、中臣鎌足殿には内臣《うちつおみ》をお願い致します」

その言葉を聞いた時には、中臣鎌足はもとより、他の三人も初めて聞く役職名であり、どのような職務か不明であり首をひねった。

「内臣とはどのような役職でございましょうか」

中大兄皇子が代表するような感じで質問をした。

この時は、中大兄皇子は自分が無視された事が悔しく、この席を蹴って帰りたい気分であった。

「新しく創設した役職ですが、重要な役職と考えています。私と共に政治を進めていただこうと思っています」

孝徳天皇は中臣鎌足を取り立てることによって、皇祖母尊と中大兄皇子を自分の味方に取り込もうとも考えていた。

「新しい元号を大化としたいと思います。また後日、群臣を集めて発表したいと考えています。その時は、皆様方にもご出席いただければと思います」

孝徳天皇は普段とは違い自信に満ちた感じで流れる様に言葉をつないでいた。

蘇我石川麻呂は内心落胆していた。

私は軽皇子に騙されたのではないか。

とも思い悔しさを滲《にじ》ませていた。

皇祖母尊、中大兄皇子、中臣鎌足は、今日のこの内容は到底、孝徳天皇が一人で考えたとは思えない。

阿倍内麻呂と綿密な相談があったのではないか。

皇祖母尊と中大兄皇子は内心では、自分達には何の相談もなく決められたことが不愉快であった。

皇祖母尊は中大兄皇子に、

「貴方にとって阿倍内麻呂殿は義理の父であろう。事前に話はあったのか」

と小声でそっと聞いたが、中大兄皇子は、

「私には何の話もありません。きっと若僧は放っておけと思われたのでしょう」

青白い顔をして悔しさを滲ませていた。

中臣鎌足もその状況をそっと見ながら、これから先大変なことになって行く予感を感じていた。

それぞれ、心の中ではいろいろな思惑が渦巻いていたが三十六代孝徳天皇の誕生であった。


それから数日間、皇祖母尊、孝徳天皇、中大兄皇子、蘇我石川麻呂、中臣鎌足と新しく左大臣に任命された阿倍内麻呂を加えた六人で改革内容の細部にわたっての綿密な相談が行われた。

その席でも、中大兄皇子は義理の父にあたる、阿倍内麻呂とは目も合わさず、一切会話もしなかった。

また、阿倍内麻呂も中大兄皇子を無視するように、中大兄皇子とは目も合わさずに意見を述べていた。

中大兄皇子の性格を良く知っている、皇祖母尊も中臣鎌足もその状況を見て、阿倍内麻呂と中大兄皇子との関係に強く心を痛めていた。


七月十七日に群臣達を集めて、初の元号を『大化元年』とすることを発表した。

その日は群臣達と共に、中大兄皇子の同母弟の大海人皇子《おおあまのおうじ》（後の天武天皇）十五歳の姿があった。

大海人皇子は舒明天皇と皇極天皇との皇子であり、中大兄皇子の同母弟で中大兄皇子の五歳年下であった。

大海人皇子はかっぷくが良く、おっとりした感じで口数は少なかったが、若くして非常に人の心を読むことにたけていた。

ややもすると、中大兄皇子の陰に隠れてしまう存在であったが、群臣達からは非常に慕われていた。

その翌日、皇祖母尊《すめみおやのみこと》は娘の間人皇女《はしひとのひめみこ》をそっと呼んだ。

間人皇女は中大兄皇子の妹で、大海人皇子の姉であった。

背も高く、また母に似て喜怒哀楽を顔に出すことは少なかったが清楚な美しい女性であった。

皇祖母尊は間人皇女に、

「貴方も十七歳になり、そろそろ何方《どなた》かに嫁さねばなりませんが、この度私の弟の軽皇子が孝徳天皇として即位しました」

と言って、皇祖母尊は間人皇女の顔をそっと覗き込んだが、間人皇女の表情からは心の動きは読み取れなかった。

「貴方と孝徳天皇との年齢差は三十四歳ほどありますが、貴方に皇后として弟の孝徳天皇を支えてもらいたいと思っています」

皇祖母尊は静かな柔らかい口調であった。

間人皇女は無表情のままでうつむきながら、

「母上様がそう申されるのであれば、私には異存はございません」

この頃の間人皇女は三歳年上の兄の中大兄皇子の実行力や、たくましさに強い憧《あこが》れと淡い恋心を持っていた。

孝徳天皇は三十四歳も年上で間人皇女から見て、決して恋愛対象ではなく単に母の弟の叔父さんにすぎなかったが、母の皇祖母尊の意向でもあり心を決めて孝徳天皇に嫁ぐことにした。

後日この話を聞いた、中大兄皇子は皇祖母尊に対して声を荒らげて激怒した。

「母上は何をお考えですか。三十四歳も年上の孝徳天皇の皇后とは妹の間人皇女が可哀そうです。左大臣の阿倍内麻呂の娘の小足媛も妃でおり有間皇子を出産しております。皇后とはいえ立場が難しすぎます」

と強く叱責した。

中大兄皇子も妹の間人皇女の心を薄々感じており、妹を愛《いと》おしく淡い恋心を抱いていた。

また、この頃の中大兄皇子は孝徳天皇それに阿倍内麻呂のことは虫唾《むしず》が走るほど嫌っていた。

しかし、皇祖母尊とすると自らの娘を孝徳天皇の皇后にすることで、小足媛とその父の阿倍内麻呂の力を少しでも弱めておきたいとの思惑が働いていた。

孝徳天皇を中に挟んで、左大臣の阿倍内麻呂と小足媛対皇祖母尊と中大兄皇子、それに間人皇女による権力の取り合いが見え隠れする中、いよいよ新しい倭国（日本）の船出であった。

蘇我馬子から始まり、蝦夷、入鹿親子の豪族主導の政治体制から、天皇を中心とした新しい政治体制が始まろうとしていた。

群臣達も新体制の船出を祝った。

しかし、間もなくして群臣達の間で乙巳の変に加わらないで左大臣に任命された、阿倍内麻呂に対して、

「左大臣様は娘の小足媛を頼りに、軽皇子様の頃の孝徳天皇に相当の貢物をして、左大臣になられたようですね」

「やはり、そうかと思いました」

「阿倍内麻呂様は何の功績もなく、左大臣になられたわけで右大臣様のお心はいかばかりですかね」

いろいろな、噂が飛び交っていた。

この噂は阿倍内麻呂、孝徳天皇はじめ皆の知るところになっていた。

この噂を流したのは蘇我石川麻呂であった。

「何の功績もなく、突然左大臣とは承服できない」

と悔しく、また納得できずにいた。

蘇我入鹿の殺害計画の時は、心を一つに目標に向かっていた同志であったが、数日のうちにそれぞれの心に空洞が出来てしまった。

孝徳天皇と同一歩調を取る左大臣の阿倍内麻呂、その二人に不信感を持つ右大臣の蘇我石川麻呂。

孝徳天皇と阿倍内麻呂を嫌い、蘇我石川麻呂の動向を不審に思う中大兄皇子。

中大兄皇子と同一歩調を取ろうとする皇祖母尊と中臣鎌足と大きな対立関係が出来ていった。

疑惑の陰謀

暑かった夏も九月に入りようやく収束が見えてきた。

新しい政治体制も孝徳天皇を中心に表面上は順調に進んでいた。

古人大兄皇子は蘇我蝦夷、入鹿親子の後ろ盾を失い、身の危険も感じながら出家して吉野山に籠っていた。

古人大兄皇子の父は舒明《じょめい》天皇であり、母は蘇我蝦夷の妹の法提郎女《ほほてのいらつめ》であり、中大兄皇子の七歳年上の異母兄であった。

もう少し早く生まれていれば、蘇我蝦夷、入鹿の後ろ盾で天皇に即位していたであろうと多くの群臣達も思っていた。

中大兄皇子は秘密裏に皇祖母尊《すめみおやのみこと》（前の皇極天皇）、大海人皇子《おおあまのみこ》（後の天武天皇・中大兄皇子の弟）、中臣鎌足を夕闇の迫るなか食事会と言うことで自宅に招いた。

妃の遠智娘は乙巳の変の時は行動を共にしていた、父の蘇我石川麻呂がいないのが少し気になったが、にこやかにもてなしていた。

中大兄皇子が妃の遠智娘に、

「今日のことは絶対に他言しないように。父の石川麻呂様にも同様に」

と堅く口止めをしていた。

中大兄皇子は妃の遠智娘に席を外すように促してから、

「皆様にお集まりいただいたのは」

落ち着いた口調で話し出した。

夕闇の中、灯りがともされ、それぞれの顔が薄明りの中に浮かび上がっていた。

「実は古人大兄皇子を誅殺《ちゅうさつ》しようと思っております」

無表情であったが、口調は軽い世間話をするような感じであった。

続けて、

「今のまま生かしておいては、孝徳天皇の後の天皇後継に関しても禍根を残すことになると思っています。まあ孝徳天皇の治世は長くは続かないと思っていますので。皆様のお知恵をお借りしたい」

皇祖母尊も大海人皇子も中臣鎌足も思ってもいない言葉であり、三人とも言葉に窮した。

中臣鎌足は二箇月ほど前の蝦夷の邸宅が焼けおちる時の、中大兄皇子の言葉がよぎった。

「あと一人残っていますがね」

あの時から、異母兄の古人大兄皇子の殺害を考えていたのか。

中臣鎌足は、中大兄皇子の冷酷さに一瞬冷水を浴びせられたような、恐怖心が走った。

この頃は、蘇我蝦夷、入鹿親子の蘇我氏総本家は滅亡したものの、蝦夷の兄弟筋また蘇我氏にかかわりのある者など、まだまだ多くの蘇我氏に関係する者達も残っており、権力争いの火種が残っていた。

古人大兄皇子は中大兄皇子の異母兄にあたり、中大兄皇子にとって非常に邪魔な厄介な存在であった。

大海人皇子が押し殺した様な声で、

「そうですね。謀反の企てあり。と言うことにしたら、いかがですか」

皇祖母尊は聞きづらかったようで、

「えっ、何ですか」

と自分の耳に手を当てながら聞き直した。

大海人皇子は少し声を大きくして、皇祖母尊の方を向いて同じ言葉を繰り返した。

皇祖母尊が、

「しかし、何の疑いも無いのに、謀反の疑いをかけるわけには行かないでしょう」

大海人皇子を見ながら小声で言った。

少しの沈黙があったが、腕を組み眼を閉じて考えていた、中臣鎌足が、

「私が最適な人物を知っています。その者を古人大兄皇子に近づけて、謀反を先導させましょう。吉備笠垂《きびのかさのしだる》という男ですが口は堅いし、きっと中大兄皇子様の味方になって、働いてくれると思います」

言葉を選びながら、慎重に話した。

吉備笠垂は役人で中臣鎌足の下で働いていた。

冠位二十六階の九位の大錦下の位であるが非常に鎌足に対して忠義であり、子飼いの部下であった。

続けて皇祖母尊が中大兄皇子に無表情のまま小声で呟いた。

「併せて蘇我田口川堀《そがのたぐちのかわほり》も誅殺しましょう。蘇我田口川堀は蘇我蝦夷の弟であり、自分の姉の子の古人大兄皇子の天皇即位に向けて内密に動いている節があります。この際、古人大兄皇子と一緒に排除しましょう」

蘇我田口川堀は自分の弟の蘇我倉麻呂《そがのくらまろ》の子の蘇我石川麻呂が右大臣なったことも、面白くなく自分の姉の子の古人大兄皇子が天皇に即位することによって、石川麻呂を失脚させたいと強く望んでいた。

その後しばらくの間四人での静かな会話が続いていたが、話の結論が出たところで、中大兄皇子が、

「今日は皆様方ありがとうございました。夕食を用意しましたので、召し上がっていって下さい」

と大きな明るい声で遠智娘に聞こえるように今まで何もなかったかの様に言った。

古人大兄皇子と蘇我田口川堀の誅殺計画の話が概ねまとまった。

後は、如何に実行に移すかであった。


翌日の九月四日に役所に出向いた中臣鎌足はすぐに吉備笠垂《きびのかさのしだる》を別室に呼んだ。

吉備笠垂の歳は中臣鎌足と同い年の三十二歳であったが、外見は中臣鎌足より少し若く見えた。

小柄ではあったが、色白でいかにも真面目そうな男であった。

中臣鎌足に別室に一人呼び出された、吉備笠垂は一体何事だろう仕事で失敗でもしただろうかと、内心おどおどしながら部屋に入っていった。

部屋に入った瞬間、中臣鎌足の他に何度か遠くから見かけたことのある二人がいた。

皇太子の中大兄皇子と弟の大海人皇子であった。

吉備笠垂は一気に胸の鼓動が大きく早く鳴り出した。

部屋から即座に逃げ出したい強い気持ちに駆られていた。

中大兄皇子や大海人皇子とは話ができるような立場でなく、入り口で立ちすくんでどうしてよいか分からなかった。

中臣鎌足が笑いながら、

「ここに座って下さい。こちらにいらっしゃるのは皇太子の中大兄皇子様と弟君の大海人皇子様です。これから貴方にお話がありますが気持ちを楽にして聞いて下さい」

気持ちを和らげるような、ゆっくりとした口調であった。

吉備笠垂は三人から計画のあらましを座って頭《こうべ》を垂れて聞いていた。

「はい、分かりました。命に代えてもご命令通りやらせていただきます」

吉備笠垂は緊張の中で目を輝かせて、しっかりした口調で言いながら再度深々と頭を下げた。

大変な計画であるが、吉備笠垂は、このような重大なことを皇太子の中大兄皇子から頼まれたことがうれしく意気に感じていた。

「この計画が外に漏れたり、または失敗するようなことになれば、貴方はもとより我々の命も危うい事になる。しっかり頼むぞ」

中大兄皇子が、吉備笠垂に歩み寄り手を取ってしっかり握った。

吉備笠垂は緊張で震えながら再度、

「はい、命に代えても、上手く潜入して役目をはたして参ります」

とはっきりした声で言って深々と頭を下げた。

吉備笠垂は自分自身で最も信頼のできる仲間を三人選び出し、九月六日未明に吉野山の古人大兄皇子のもとに徒歩で向かった。

他の三人はまだ若く、皆二十歳台であり仕事熱心な有能な若者であった。

四人は飛鳥から吉野山までの行程を一気に歩いて、昼過ぎに吉野山の古人大兄皇子の出家場所についた。

蘇我田口川堀が来ていた。

蘇我田口川堀は蘇我一族の長老と言える存在で、歳は五十五歳ほどと思われ、小太りで赤ら顔であった。

吉備笠垂達四人の若者をみると怪訝《けげん》な顔をして、

「貴方達は何ゆえに古人大兄皇子様の所に来たのですか」

少し疑った感じで言った。

四人は、蘇我田口川堀とは初対面であった。

「私達は中臣鎌足様の下で働いておりましたが、今の政治に非常に不満と不信感を持っています」

四人は膝と片手をついて、年長の吉備笠垂が代表で、蘇我田口川堀に中大兄皇子や中臣鎌足に対する不満を事細かに話した。

「古人大兄皇子様に何としても天皇に即位していただければと思い、是非お手伝いしたいと四人で心を一つにして参りました。挙兵していただければ、我々で出来る限り多くの兵士も集めてまいります」

その言葉を聞いて蘇我田口川堀は大変喜んだ素振りを見せた。

反面、この者達の言葉を素直に信じても良いものだろうか、との疑念も生じていた。

「おお、皆様方吉野の山中まで良く来て下さった。今日はゆっくりお休み下さい」

と言って、蘇我田口川堀は四人を宿坊に案内した。

すぐさま、蘇我田口川堀は信頼できる家臣達五人を呼び寄せ、二人には吉備笠垂達の見張りをするように命じ、他の三人には、

「吉備笠垂と他の者達の今までの動向を内密に探ってくるように」

との指示を出した。

蘇我田口川堀の家臣達三人はすぐに山を下って行った。

古人大兄皇子も蘇我田口川堀からの報告を受けたが、

「田口川堀様、本当にあの四人は信頼できるでしょうか。中大兄皇子の指示で我々の動静を探りに来たのではないでしょうか」

半信半疑であり、蘇我田口川堀も四人の扱いに苦慮していた。

その頃、蘇我田口川堀が偵察に送った、三人の家臣達は飛鳥板葺宮の周辺で情報収集を始めていたが、中臣鎌足の機転を効かした采配で、吉備笠垂と他三人は現在の政治に反発して、吉野山の古人大兄皇子を頼って逃げて行ったようだと言う情報が群臣の間に流されていた。

群臣達は、

「吉備笠垂殿達四人の行動には、いやはや仰天しましたね」

「古人大兄皇子様の天皇即位を目指して、吉野山に走ったようですよ」

「あの四人はどうなりますかね。間もなく追手が出るのでしょうかね」

額を寄せ合い呟《つぶや》きながら、眉をひそめていた。

九月十三日の夕闇の迫る中、蘇我田口川堀のもとに吉備笠垂達の動向を内密に調査に行っていた、三人の家臣が戻ってきた。

三人は飛鳥から急ぎ戻ってきたのか、汗びっしょりになって帰ってきた。

「ご安心下さい、吉備笠垂達四人は古人大兄皇子様の天皇即位を目指しているようでございます」

飛鳥から走ってきたようであり、汗を手で拭いながら息を弾ませて田口川堀に報告していた。

古人大兄皇子も、家臣達のその報告を聞いていたが疑心暗鬼の心理状態であった。

本当に吉備笠垂達四人のことを信じて良いのだろうか。

あの四人が、ここに居ることによって、中大兄皇子が攻めて来るのではないか。

中大兄皇子は私の弟でもあるが、策を巡らし私の暗殺を考えているのかも知れない。

あの四人は中大兄皇子によって送られた、謀反を煽動する役目の密偵かも知れないので、いっそのこと四人を殺して中大兄皇子の企《たくら》みの裏をかいてやろうか。

古人大兄皇子は迷っていた。

真の相談相手もなく、中大兄皇子に対する恐怖心も強く、古人大兄皇子は眠れぬ夜が続いていた。

吉備笠垂らは古人大兄皇子の信頼を得るべく、必死で古人大兄皇子に近づいて行った。

時には、明け方まで夜を徹して、自分達の考えを述べていた。

「中大兄皇子は多くの兵を持っていますので直接ぶつからず、まず中臣鎌足を倒し二人を分断してから中大兄皇子の兵が揃わないうちに一気に攻め込みましょう。中臣鎌足は未明に急襲し鎌足の首を取った後、すぐに中大兄皇子邸に攻め込みましょう。大海人皇子は大きな兵力を持っていないので、中大兄皇子の首を取ってから攻め込む作戦で良いのではないでしょうか」

古人大兄皇子も蘇我田口川堀も、

「この作戦ならば、成功するのではないか」

と思い始めていた。

「兵は二百人で本当に信頼のできる兵士に個々に挙兵の話をして集めていきましょう。我々に多くの同志もおります」

吉備笠垂ら四人によって兵は集められることになった。

「皆様、今宵は懇親の宴を持ちましょう」

十月三日の夜には古人大兄皇子の発案で蘇我田口川堀、それに吉備笠垂達四人は酒を酌み交わし打ち解けた雰囲気で団欒もしていた。

「吉備笠垂殿よろしくお願い致します。私が天皇になった暁には、皆様方と共に良い倭国を創っていきましょう」

古人大兄皇子は楽しそうであり、古人大兄皇子は吉備笠垂らをすっかり信頼しているようであった。

しかし、蘇我田口川堀は四人の余りの調子の良さに、違和感と得体の知れない胸騒ぎを感じていた。

十月四日の午後、蘇我田口川堀は古人大兄皇子のもとに出向いて、

「古人大兄皇子様、どうも私はあの四人が信用できません。話が出来過ぎています」

と不安そうに漏らした。

古人大兄皇子は伏し目がちに困ったような顔をして、

「うーん。私は吉備笠垂達のことは信用していますが。田口川堀様はどのようにお考えですか」

田口川堀は腕を組んで、古人大兄皇子顔を見据えて、

「四人は殺しましょう」

押し殺した声で、思い切ったように言った。

古人大兄皇子は一瞬顔をこわばらせたが、

「真の味方かもしれません。殺すまでのことがありますかね。少し考えさせて下さい」

と田口川堀の顔を困った感じで自信なさそうに覗き込んだ。

「古人大兄皇子様、やるなら早い方が良いと思われます。今夜やりましょう。私の家臣達も用意させております」

田口川堀は中大兄皇子から何んの動きもないことが、大きな不安であった。

「田口川堀様、一日考えさせて下さい。それからでも遅くないでしょう」

田口川堀は不安が隠せず、

「なるべく早くご決断をいただければと思います」

と古人大兄皇子に懇願するように深々と頭を下げた。

古人大兄皇子は右手の親指を右のこめかみにあて二本の指で額を撫でながら、いかにも困ったという感じであった。

「分かりました。それでは明日十月五日の一日様子を見て、十月六日の早朝に捕らえて尋問しましょう」

古人大兄皇子の決断が鈍ったことが、命取りとなった。

十月六日未明に、吉備笠垂ら四人はそれぞれ松明を片手に一気に吉野山を下って、中臣鎌足の邸宅を目指していた。

吉備笠垂達は、古人大兄皇子と田口川堀が話していた自分達の殺害計画など知る由もなかったが、古人大兄皇子の態度に通常との違いを感じ取り、逃げるように吉野山を下って行った。

間一髪の脱出劇であった。

中大兄皇子に運が味方した、としか思えなかった。


四人は息の上がった声で中臣鎌足に細部にわたり報告を済ませた。

「よし、分かりました。吉備笠垂殿達四人は二手に分かれて、すぐに左大臣の阿倍内麻呂様と右大臣の蘇我石川麻呂様に、古人大兄皇子様が謀反を企て挙兵の準備をしていると報告して下さい」

中臣鎌足は、はっきりした口調で四人に指示を出して、自分は中大兄皇子のもとに向かった。


同時刻頃、吉野山の古人大兄皇子の館は吉備笠垂ら四人が消えたことで大騒ぎになっていた。

吉備笠垂らを捕らえに向かった家臣達が四人の消えたことに気づき、すぐさま後を追ったが発見できなかった。

家臣からの報告を受けた田口川堀は動揺の色を隠せず、小走りに古人大兄皇子のもとに向かった。

「吉備笠垂達四人が消えたそうです。あの四人は中大兄皇子が放った密偵だったのでしょう。殺害すべきでした」

と青ざめた顔で、悔しさを滲ませていた。

続けて、

「急ぎ戦闘準備を致しましょう」

古人大兄皇子に早口で言った。

古人大兄皇子も、

「あの四人を信じてしまい、私が甘かった。田口川堀様、貴方の言うことを聞いていれば良かった。申し訳ありません」

内心の大きな動揺の中、自分の愚かさを深く悔いていた。

ここに至っては兵を集めている時間がない。

これほどまでに、中大兄皇子は私を狙っていたのか。

中大兄皇子の恐ろしさを改めて痛感していた。

「もはやこれまでか。逃げ回るのは本意でない。しかし、中大兄皇子に今回の謀反の企ては吉備笠垂達に煽動されたもので本意ではない。と言えば分ってくれるのではないでしょうか」

蘇我田口川堀に言ってはみたものの、自信はなかった。

「家臣達には逃げるように指示致しましょう」

田口川堀は低く暗い声で古人大兄皇子に呟いた。

古人大兄皇子は小さく頷いた。

古人大兄皇子は無表情で悲しそうな眼をしているように田口川堀は思った。

田口川堀は心の中で泣いていた。

七月の乙巳の変がなければ、今頃は古人大兄皇子様が天皇であったと思われるが、その様なお方が弟の中大兄皇子に謀反の罪で殺されるかも知れない。

あまりにも、神は理不尽であり正義をお見捨てになるのか。

「古人大兄皇子様、中大兄皇子様にはっきりと我々は謀反の企てなど無いとお話し下さい」

田口川堀は思わず涙を流した。

「中大兄皇子様には、ちゃんと話してみよう」

古人大兄皇子も、ひとこと言って涙で声が詰まってしまった。

古人大兄皇子は、異母弟である中大兄皇子なら分かってくれるのではないかと、淡い期待と切なる願望を持っていた。


吉備笠垂からの報告を受けた、左大臣の阿倍内麻呂と右大臣の蘇我石川麻呂はすぐに孝徳天皇の宮殿に走った。

左大臣の阿倍内麻呂から皇祖母尊《すめみおやのみこと》と孝徳天皇に、

「古人大兄皇子様の謀反の企てが発覚致しました。急ぎ挙兵致しますか」

と慌てたような口調で報告があった。

当初からこの計画を知っている皇祖母尊は落ち着いた口調で、

「当然、皇太子の中大兄皇子様にも報告が届いていることでしょう。中大兄皇子様にまかせましょう。孝徳天皇いかがですか」

孝徳天皇の顔を覗き込んだ。

孝徳天皇も薄々中大兄皇子の企てかと感じながら、阿倍内麻呂と蘇我石川麻呂に向かって、

「姉上も、こう申されていることですし、中大兄皇子様の動きにまかせましょう」

普段とは違い孝徳天皇も落ち着いた口調であった。


十月七日未明中大兄皇子、大海人皇子、中臣鎌足らは約四十人の兵士とともに、吉野山の古人大兄皇子の館を目指して馬を走らせていた。

馬の蹄《ひづめ》の音が大きくなり、近づいてきていた。

馬の蹄の音を聞き、館の前に出てきた古人大兄皇子と蘇我田口川堀が不安そうな面持ちで立ち竦《すく》んでいた。

古人大兄皇子も田口川堀も昨夜は一睡もしていなかった。

「だめかも知れませんが、中大兄皇子様に謀反の企てなど無いことをしっかり話してみましょ

う」

古人大兄皇子は田口川堀に不安そうに顔を向けた。

「そうですね。お願い致します。何とか分かっていただければ良いのですが」

やっとのことで、震えるような声で田口川堀は言葉を返した。

田口川堀の顔も青ざめ唇もかすかに震えていた。

中大兄皇子の軍勢が勢いよくなだれ込んできた。

軍勢をみると古人大兄皇子は、不安の中でやっとの笑顔を作って馬上の中大兄皇子に駆け寄り片膝をついて、

「我々は今の政治体制に謀反など企てておりません。中大兄皇子様に対して忠義を尽くしております。それに私は出家の身でございます。我々を御信じ下さい」

中大兄皇子を見上げて、最後は青ざめた顔で声を震わせながら訴えた。

古人大兄皇子からみれば、中大兄皇子は七歳年下の異母弟であり、父は同じ舒明天皇である。

何とか分かってもらえないかと願っていた。

中大兄皇子は、馬上から古人大兄皇子に向かって冷静に顔色一つ変えずに、

「謀反の企ては明白である」

とひとこと言うと、はっきりした言葉で、

「即刻この二人を誅殺せよ」

すぐさま兵士に命じた。

「ま、待って下さい。我々は何も」

古人大兄皇子は悲鳴に似た声で懇願した。

「やれ」

中大兄皇子の命令と共に数人の兵士が、古人大兄皇子と蘇我田口川堀に斬りかかり、二人はなすすべもなく殺害された。


天皇の最有力候補であり、群臣達の信頼も厚かった古人大兄皇子の生涯が終わった。

西暦六四五年十月七日、二十七歳の生涯であった。

また、蘇我田口川堀も古人大兄皇子と共にあえなく殺害された。

中大兄皇子はすぐに兵士達に命令した。

「館の中を調べろ。他に抵抗する者があれば即座に殺害せよ」

兵士達は雪崩のように館の中に突入して行った。

残っていた家臣達数名は無抵抗で降伏し、後ろ手に縛られていた。

「館の中で女達が死んでおります」

兵士達が叫んでいた。

「鎌足殿、館の中を見て来ていただけますか」

中大兄皇子は隣にいた中臣鎌足に無表情に声をかけた。

「はい、見てまいりましょう」

中臣鎌足は、素早く馬から降りて、数人の兵を連れて小走りに館の中に入って行った。

続いて、大海人皇子も鎌足を追うように走りだした。

少しの時間が過ぎ、中臣鎌足が館から出て中大兄皇子に向かって小走りに近づきながら、

「中大兄皇子様、館の中で古人大兄皇子様の妃と二人の側室が胸を短剣で突いて、自害しております」

続いて大海人皇子が走り寄り、

「兄上、二人の女の赤子もおります。妃の書面が残されており赤子の命だけはお助け下さいと書かれてありますが、いかが致しますか」

早口ではあったが、冷静な口調であった。

中大兄皇子は一瞬考えて、

「二人とも女の赤子であるな。殺さずとも良かろう。連れて帰ろう」

静かな冷静な口調であった。

十月七日のその日の午後には、群臣達の囁《ささや》き合う声が聞こえた。

「中大兄皇子様によって、兄にあたる古人大兄皇子様が謀反の企てがあり、と言うことで殺害

されたようですね」

「吉備笠垂様達四人の密告で謀反の企てが発覚したようですよ」

「四人の密告者の処遇はどうなるのですかね」

群臣達も眉をひそめていた。

その後、吉備笠垂は今回の働きが認められて、功田二十町が二代にわたって与えられた。

また、吉備笠垂と行動を共にした、三人も上級の官職が与えられ、中臣鎌足のもとで中大兄皇子を支えて行った。

深い苦しみ

西暦六四五年十二月、古人大兄皇子殺害事件から二箇月ほどたっていた。

孝徳天皇の発案で、都を飛鳥から難波宮に移すことになった。

この頃は、それぞれの考え方は多少違っていても、孝徳天皇と中大兄皇子を中心に一つにまとまって行こうと言う思いがあった。

この、遷都《せんと》も十月に蘇我蝦夷の妹を母に持つ古人大兄皇子と蘇我蝦夷の弟で蘇我氏の長老とも言える蘇我田口川堀が中大兄皇子に誅殺されたので、これを機会に難波に首都を移し、天皇を中心とした新しい倭国を造って行こうという一致した考えであった。

中大兄皇子もこの遷都には決して反対という立場ではなかった。

しかし、皇太子の中大兄皇子の乙巳の変から続く邪魔者は消せ、という冷酷な手法に孝徳天皇始め多くの群臣達も少なからず恐怖心を持ち始めてもいた。


西暦六四七年十二月、飛鳥から難波へ遷都して二年がたった。

時が経つにつれて、孝徳天皇と中大兄皇子の政治への考え方に不協和音が出ていた。

二年前に乙巳の変を心一つにして戦った同志達も、二年が過ぎて心が離れて行きつつあった。

右大臣の蘇我倉山田石川麻呂は精神的に苦しい日々が続いていた。

蘇我石川麻呂も間もなく四十歳を迎える歳になり、顔の皺《しわ》も深くなり若く血気盛んな頃と違って、人の機微や物事の道理を考える歳になってきていた。

また、石川麻呂は現在の中大兄皇子と中臣鎌足主導の専制政治を大変嫌ってもいた。

これでは、蘇我蝦夷、入鹿親子の頃の政治体制と同じではないか。

常々、石川麻呂は強く思っていた。

石川麻呂は、伯父《おじ》の蘇我蝦夷と従兄《いとこ》にあたる蘇我入鹿親子の専制政治を嫌い、新しく天皇を中心とした理想の政治体制を心に描いて乙巳の変に加わったわけであり、今の政治体制にかなりの絶望感を持っていた。

二年前に石川麻呂が天皇に押した孝徳天皇はまったく不甲斐なく、何かにつけて姉の皇祖母《すめみおやの》尊《みこと》や中大兄皇子に頼って、ほとんど自分の考え無しに政治を進めていた。

現在は中大兄皇子と中臣鎌足との専制政治体制であり、左大臣の阿倍内麻呂や右大臣の蘇我石川麻呂には何の相談もなく物事は進んでいた。

石川麻呂は乙巳の変の時は上表文を読み上げる重要な役目を果たし、蘇我蝦夷、入鹿を殺害するための主要な同志であったにも関わらず、今の中大兄皇子の政治体制から完全に外されていた。


私の娘の遠智娘は中大兄皇子様に嫁いで、大田皇女と鸕野讃良皇女《うののさららのひめみこ》（後の持統天皇）を出産しているにも関わらず、なぜに中大兄皇子様は私を阻害するのであろうか。

孝徳天皇即位の時の私の行動が中大兄皇子様の怒りを買っているのかもしれない。

私は孝徳天皇の誕生に力を注いだが、あの時の行動が軽率だったのかもしれない。

石川麻呂は中大兄皇子と疎遠になってしまったことを、日々後悔《こうかい》し苦しく悩んでいた。

事実この頃の石川麻呂は中大兄皇子の信頼を全く失っていた。

また、石川麻呂は中臣鎌足とも疎遠になっており、顔を会わせることがあっても口をきくこともなかった。


左大臣の阿倍内麻呂の娘の小足媛《おたらしひめ》は孝徳天皇に嫁して、有間皇子を出産し有間皇子は九歳になっていた。

一方、皇后の間人皇女《はしひとのひめみこ》は子供が出来ず、孝徳天皇のことも好きになれず寂しい日々を過ごしていた。

孝徳天皇も間人皇女からの愛情を感じず、他人行儀なよそよそしい関係であった。

小足媛の父にあたる阿倍内麻呂は、

「孝徳天皇様、有間皇子様は大変健《すこ》やかに成長し、可愛く育っておりますね。孝徳天皇様似でございますね」

と言って孫を可愛がり、孝徳天皇にあからさまに媚《こび》を売っていた。

他方、阿倍内麻呂は中大兄皇子の若く生意気で自分本位の性格をひどく嫌っており、娘の橘 娘《たちばなのいらつめ》にも、別れて家に帰ってくるようにと言うほどであり、ほとんど中大兄皇子とは接触を持つことはなかった。

中大兄皇子も群臣達にあからさまに、

「左大臣の阿倍内麻呂は義理の父ではあるが、無能で何の仕事も出来ぬ奴だ」

と冗談めかして話すことが度々あった。

阿倍内麻呂も五十歳を過ぎ、左大臣と言う重要な役職であったが、義理の子の中大兄皇子との仲は決定的に悪くなっていた。

阿倍内麻呂は、今はしっかり孝徳天皇を支えて行き、次の天皇は有間皇子を即位させよう、と言う考えであった。

この頃から、孝徳天皇派と中大兄皇子派に皇族、群臣達も別れだしていた。

中大兄皇子派の群臣達の多くは、現在の実権は中大兄皇子が握っているものの、中大兄皇子に一度嫌われると葬り去られてしまうと言う恐怖心も強く持っていた。

「今の左大臣様、右大臣様は何の力もないので、中臣鎌足様にご相談するしかないですね」

「中大兄皇子様の信頼を得ているのは、中臣鎌足様だけですね」

「なにしろ中大兄皇子様次第ですね」

と顔を合わせては、眉をひそめて囁《ささや》き合っていた。


孝徳天皇派の群臣達は、中大兄皇子の冷酷なところを嫌い、

「左大臣の阿倍内麻呂様や右大臣の蘇我石川麻呂様達の方が話しやすく仕事がしやすいですね」

「孝徳天皇派の方が左大臣様、右大臣様の存在もあり主流ですね」

と完全に二つの派に分かれていた。


年が明けて西暦六四九年一月の夕暮れに、石川麻呂は悩んだ末に中臣鎌足の邸宅に出向いた。

風が冷たく霜枯れの草が音を立て、身が縮む様な寒い日であった。

この時の石川麻呂は、政治的な考え方などは明らかに孝徳天皇派であったが、中大兄皇子と中

臣鎌足と寄りを戻して二人の政治に加わりたいとの気持ちも強く持っていた。

いわば、孝徳天皇とも中大兄皇子とも上手くやっていきたいとの気持ちであった。

また、中大兄皇子に嫁している娘の遠智娘《おちのいらつめ》と姪娘《めいのいらつめ》の幸せも願い、案じてもいる、苦しい胸のうちであった。

「鎌足様、暫《しばら》くでございました」

石川麻呂は丁重に鎌足に頭を下げた。

石川麻呂と中臣鎌足は乙巳の変の後は、顔を会わせても会話することもなく冷えた関係であった。

石川麻呂は自分より七歳年下で、自分は右大臣の地位でありながら位が下の内臣《うちつおみ》の中臣鎌足に頭を下げるのは悔しい思いであった。

しかし、現在は中大兄皇子が政治の実権を握り、中臣鎌足がその政治の担い手であり、石川麻呂も苦慮の末の鎌足宅訪問であった。

中臣鎌足は、孝徳天皇即位に至る時の石川麻呂の行動に大きな不信感と、強い拒絶感を持っていた。

「今日、出向いていただいた、ご用件は何用でございましょうか」

鎌足もにこりともしないで、低い怪訝《けげん》な声で石川麻呂に言った。

「鎌足様、今日は久しぶりに鎌足様とゆっくりとお話をしようと思いまして、お酒を持って参りました」

石川麻呂はかなり恐縮した様子で、また鎌足の態度を見極めようとしながら、強張《こわば》った顔で微笑みかけた。

石川麻呂は寒さと緊張で口がよく回らず、震えながらやっとのことで言葉を発していた。

鎌足と石川麻呂で酒を酌み交わすのは初めてであった。

鎌足も躊躇《ちゅうちょ》したが、軽く笑みをうかべて、

「そうですか。お寒い中大変でございました。どうぞお上がり下さい」

丁重に部屋まで案内した。

「まあ、お座り下さい」

鎌足は明かりを灯しながら、石川麻呂の座る位置を眼で指示した。

鎌足はさほど酒は強くはなかった。

石川麻呂は少し時間をおいて、

「鎌足様一献いかがですか」

と言って鎌足に微笑みながら酒の器を向けた。

「これはこれは申し訳ありません。石川麻呂様ご馳走になります。酒の肴の用意をさせましょう」

鎌足もそう言いながら、酒を口に運んだ。

石川麻呂が少し口ごもりながら、話しづらそうに口を開いた。

「鎌足様、二年余り前の孝徳天皇即位にいたる時は本当に申し訳ありませんでした。ついつい、自分の出世に目がくらみ、当時の軽皇子（孝徳天皇）様を天皇に押してしまいました」

鎌足は、石川麻呂の顔を見たり視線を落としたりして、うなずきながら聞いていた。

「鎌足様、中大兄皇子様にお詫び申し上げたいので、何とか取り成していただけないでしょうか。今となっては中大兄皇子様の所にお詫びに行きづらくなってしまいました」

石川麻呂は深々と頭を下げて、急に真顔になり鎌足の顔をしっかりと見つめた。

薄暗い明かりの中で石川麻呂の真剣な顔が浮かび上がっていた。

鎌足も、額に皺を寄せて少し言いづらそうに、

「中大兄皇子様に、私が話したところで何というか分かりませんよ」

よそよそしく、そっけない感じであった。

「鎌足様、私の娘の遠智娘と姪娘の今後のこともあります。何とか中大兄皇子様と以前のように話ができるようになりたいと思っております」

石川麻呂も懇願するように鎌足の顔を覗き込んでいた。

鎌足も内心困り、また躊躇もしたが、

「分かりました。中大兄皇子様に後日お話してみましょう。しかし、どの様な返事をいただけるか分かりませんよ」

鎌足は難しそうな顔をしていたが、石川麻呂は鎌足に期待していた。

「ありがとうございます。よろしく願いします」

あらためて、柔らかな顔に戻り頭を下げた。

石川麻呂は鎌足を訪ねて良かったと思っていた。

二人はしばらくの間、酒を酌み交わし打ち解けた雰囲気で話をしていた。


二日後、その日は幾分寒さも緩んでいた。

中臣鎌足は昼前に中大兄皇子のもとに出向いて、蘇我石川麻呂との話の内容を丁寧に報告した。

「そうでしたか、石川麻呂様が鎌足殿の所に詫びてきましたか。石川麻呂様は私の義理の父でもありますが、簡単に今までの行動を許すわけには行きませんね」

中大兄皇子は微笑みながら話してはいたが、中大兄皇子は疑り深く、そう簡単に人を許したり信用したりする人間ではなかった。

鎌足もその様な性格の中大兄皇子の返事が不安であり、怖くもあった。

中大兄皇子は腕を組んで少し伏し目がちに考えていた。

鎌足は石川麻呂に頼まれて、自分が中に入った話でもあるので中大兄皇子の良い返事を期待していた。

中大兄皇子は少し間をおいて、

「私達に忠義の心を見せてもらいましょうか」

鎌足の目を見据えて、はっきりした口調で言った。

「忠義の心。と言いますと、どう致しますか」

鎌足は、中大兄皇子の心を計りかねていた。

「鎌足殿分かりませんか。石川麻呂様に一人消し去ってもらいましょう」

鎌足は一瞬血の気が引いた思いだった。

「一人消し去る。誰を消し去るのですか」

慌てて、中大兄皇子にただした。

「左大臣ですよ。左大臣の阿倍内麻呂ですよ。あの男は邪魔なだけです」

小声であったが中大兄皇子は至極当然のことを言うように、何気なく微笑む感じで鎌足に言った。

「えっ、左大臣様ですか。義理のお父上の阿倍内麻呂様ですか」

鎌足は息をのんで、驚きのためか掠《かす》れた声で聞き返した。

このような企《たくら》みを、右大臣の石川麻呂様にどのように話したら良いであろうか。

しかし、中大兄皇子から出た言葉である。

改めて鎌足は、中大兄皇子の顔をのぞき込みながら、

「義理のお父上を殺してしまってよいのですか」

内心では考えを変えて欲しかったが、中大兄皇子は平然とした顔で首を縦に振った。

石川麻呂様に話して実行してもらうしかない。

一息ついて、鎌足は心を決めて、

「分かりました。石川麻呂様に申し上げましょう」

息が詰まる思いで、言葉を発した。

この頃は、阿倍内麻呂と蘇我石川麻呂は孝徳天皇派であったが、中大兄皇子は二人のことは相容れず左大臣と右大臣の排除を考えていた。

その日の夜は、鎌足も一睡もできず、つらく長い夜であった。

翌日夕闇の中、鎌足は一人で蘇我石川麻呂の邸宅に出向いた。

気の重い役目であるが、石川麻呂様に話したからには、黙って実行してもらわなければならない。

もし、石川麻呂様が阿倍内麻呂の殺害を躊躇するようであれば、その場で石川麻呂様を殺害しなければならない。

中臣鎌足は覚悟していた。

「石川麻呂様先日の件で、中大兄皇子様にお話し致しましたので、中大兄皇子様のお考えをお伝えに参りました」

石川麻呂は、中臣鎌足の固い表情をみて不安を感じたが、何事もなかったような笑顔で出迎えて、

「鎌足様、ご面倒なお願いを致しまして申し訳ございませんでした」

と意識して朗らかな声を作っているようであった。

鎌足は前日の中大兄皇子との会話を、事細かに丁寧にまた正確に伝えた。

「中大兄皇子様は義理の父上の左大臣阿倍内麻呂様のことを大変嫌っております。阿倍内麻呂様を内密に消し去るということで忠義の心を見せてほしいと言うことでありました。ただし、このことはあくまで石川麻呂様個人の判断で行ったということですから、くれぐれもご承知おき下さい」

石川麻呂の顔つきがみるみる変わっていくのが分かった。

鎌足は続けて、

「石川麻呂様いかがなさいますか。私がここまで申し上げたからには、実行していただくしかありませんが」

石川麻呂はしばらく顔を上げることが出来なかった。

もし、断ればこの場で鎌足に斬り殺されるであろう。

鎌足のことだ、腹をくくって来ているであろう。

さすがの、石川麻呂も青ざめた顔で、

「分かりました。私自身の考えと言うことで、良い方法を考えてみます」

と言うのが精一杯であった。

続けて、

「しかし、阿倍内麻呂様は中大兄皇子様の義理の父上にあたる方ではございませんか」

石川麻呂はここまで言って、自分も中大兄皇子の義理の父であることに改めて気づき、中大兄皇子の冷酷な容赦のない怖さを痛感していた。

薄明りの中で、鎌足の無表情な顔が浮かんでいた。


困ったことになった。

石川麻呂は眠れぬ苦しい夜が続いた。

中大兄皇子の恐ろしさに、どうしたらよいか自問自答の日々が続いた。

若い頃は剛毅で勇猛果敢な石川麻呂であったが歳を重ね、その間にかなり穏やかになり、気も小さくなっていた。

左大臣阿倍内麻呂様をやらなければ、自分が殺される。

阿倍内麻呂様を暗殺するしかないか。

石川麻呂は悩みに悩み意を決した。

よしやろう、阿倍内麻呂を殺そう。

秘密裏に殺すには毒殺しかない。

あとは、いつどのように決行するかであった。

苦渋の決行

西暦六四九年四月、中大兄皇子も二十四歳の春を迎えていた。

日差しも強くなり暖かくなってきた午後のひと時であった。

中大兄皇子の邸宅に中臣鎌足と巨勢徳太《こぜのとこた》が訪れて、三人の和やかな話で盛り上がっていた。

巨勢徳太は、そろそろ五十歳になろうかと言う年齢で、少し腹も出始めて、赤ら顔で細い目であったが目じりが下がっているためか普段の顔も笑っているように見えた。

また、腰痛のためか少し腰をかがめて歩き頭髪は白髪交じりであった。

年の功か話は巧みで人を惹きつける話術を持っていた。

しかし、もともとは蘇我一族で蘇我入鹿の側近であった。

六年前の西暦六四三年に起きた蘇我入鹿による、山背大兄王（聖徳太子の子）の襲撃事件で山背大兄王と妻を自害に追い込み、聖徳太子が開いた上宮王家を滅亡させた時の入鹿軍の指揮官であった。

「徳太殿、少し腰が曲がったようであるが、大丈夫ですか」

中大兄皇子は笑いながら冗談めかして、徳太に声をかけた。

「中大兄皇子様、何をおっしゃいますか、私はまだまだ大丈夫でございますよ。それより、中大兄皇子様それに中臣鎌足様、私はお二人に出会えて本当に幸せでございました。私は生涯お二人に尽くしてまいります」

徳太も白髪交じりの頭に手をやり恐縮した素振りを見せながら、中大兄皇子に何度も頭を下げていた。

巨勢徳太は変わり身も早く、入鹿の死後はすぐさま中大兄皇子に降伏して、蝦夷の討伐軍に加わっていた。

また今は、すっかり中大兄皇子からも信頼され、頼りにもされていた。

徳太は改めて真顔になり、中大兄皇子に向かって座り直し、

「今の左大臣様と右大臣様の心は決して中大兄皇子様に向いておりませんよ。私は元はと言えば蘇我一族でございましたが、今は中大兄皇子様にお仕えできた事を心から感謝しております」

と言いながら深々と中大兄皇子に頭を下げた。

巨勢徳太は中大兄皇子の心を巧みに掴《つか》んでもいた。

「徳太殿、貴方のことは悪いようには致しませんよ。しっかりと私に尽くし下さい」

中大兄皇子は巨勢徳太を現在の政治の中枢に入れて、自分の側近として使うことを考えていた。

それに、もう一人最近になり中大兄皇子の側近といえる大伴長徳《おおとものながとこ》がいた。

大伴長徳も、以前は蘇我蝦夷と非常に近い関係であり、舒明天皇の殯《もがり》の儀式では蝦夷に代わって、哀悼の辞を述べていたほどであった。

大伴長徳は巨勢徳太より六歳ほど年下で四十歳台の半ばであったが、がっちりとした体躯で背も高く、声も良く通り話も非常に理論的であった。

また、一見強面《こわもて》であるが微笑むと急に優しい顔に変わり、中大兄皇子には非常に上手く接し巨勢徳太同様に中大兄皇子の心をしっかり掴んでいた。

そのような二人の、中大兄皇子に対して諂《へつら》うような振る舞いに、中大兄皇子はすっかり巨勢徳太と大伴長徳のことは気に入り信頼もしていた。

中大兄皇子は左大臣に巨勢徳太を、それに右大臣には大伴長徳を任命すべく考えていた。

中大兄皇子は、今の右大臣の蘇我石川麻呂に阿倍内麻呂の殺害を命じておきながら、石川麻呂の排除をも目論んでいた。

そのような、企みは鎌足も知る由もなく、鎌足自身は石川麻呂への同情の気持ちを強く持っていた。

五月に入り、蘇我石川麻呂はいよいよ、阿倍内麻呂の殺害の意を決したが、何日も眠れぬ夜が続いていた。

爽やかで雲もなく十六夜《いざよい》の月の綺麗な夜であった。

中臣鎌足邸に出向いた時と同じように、酒を持参しながら阿倍内麻呂の邸宅に向かった。

中臣鎌足邸に出向いた時と違うのは、石川麻呂の最側近の家臣を三人ほど連れていることと、酒の入った同じような須恵器を二つ持参し、一つには毒が仕掛けられていることだった。

同伴の側近達には酒に毒が仕掛けられていることは当然伝えてあった。

石川麻呂は大きな心臓の鼓動を感じながら、三人の側近と徒歩で阿倍内麻呂の館に向かった。

一人が松明《たいまつ》を持ち、他の二人の側近がそれぞれ酒の入った、須恵器を大事そうに抱えていた。

「皆の者、今日は正念場である。しっかり頼むぞ」

石川麻呂は、自分の緊張を隠す様に厳しい顔で側近達に呟いた。

側近達もかなり緊張しているようで、言葉少なく返事をするのみであった。

阿倍内麻呂の館に着いた。

あらかじめ家臣を使えに出し、阿倍内麻呂に今宵訪問する旨を伝えてあったので、阿倍内麻呂は玄関先で待っていたようであった。

「阿倍内麻呂様、今夜は親交を深めたく最も信頼のおける家臣を同伴して出向いてまいりました」

心とは裏腹に柔らかい口調で、阿倍内麻呂に笑いかけた。

阿倍内麻呂は酒好きで知られていた。

石川麻呂の顔を見ると何の疑いもなく、嬉しさを表し少し甲高い声で、

「おお、石川麻呂様良く来て下さった。今夜はゆっくりおくつろぎ下さい。今日は妻だけしかおりませんので何のおもてなしもできませんが、月でも見ながら、皆様ご一緒に酒を楽しみましょう」

阿倍内麻呂の妻は五十歳を少し過ぎたかという感じであったが、ほっそりした美人であった。

「石川麻呂様、皆様今日はよくおいで下さいました。ごゆるりとして行って下さい」

にこやかに、石川麻呂達を出迎えてくれた。

石川麻呂は初対面であったが、内心かなりの動揺があった。

我々は、ご主人の阿倍内麻呂様を暗殺に来たのですぞ。

心の中で叫んでいた。

阿倍内麻呂の妻は、孝徳天皇の妃の小足媛と中大兄皇子の妃の橘娘の母であった。

石川麻呂は、小足媛の顔立ちの方が母に似ているように思えた。

阿倍内麻呂の妻は物腰の柔らかい静かな女性で、男五人の酒の席にはほとんど顔を出さなかった。

「妻は話下手なもので、このような席は無調法で申し訳ないですな」

その間、石川麻呂と三人の側近達は、毒の入っていない酒を、また阿倍内麻呂には毒の入っている酒を勧めて上手く呑み分けていた。

阿倍内麻呂は孝徳天皇のことは盛んに褒めていたが、中大兄皇子の話になると、額にしわを寄せて語気も強くなり大分嫌っている感じであった。

しかし、この頃は小足媛の妹の橘娘は二十歳になり中大兄皇子の妃として献身的に尽くしていた。

五人は一時間ほど酒を酌み交わした。

「阿倍内麻呂様、今夜は楽しゅうございました。これからもよろしくお願い申し上げます」

石川麻呂も少し酔った中、阿倍内麻呂に毒がまわる前に早く帰らなければと、かなりの緊張感を持って阿倍内麻呂に深々と頭を下げた。

阿倍内麻呂は、酒の酔いか毒がまわってきたのか、青白い顔でかなりふらついて立ち上がれずにいた。

「石川麻呂様、家臣の皆様申し訳ない。歳のせいか少し酔いが回ったようで脚がもつれてしまいます。ここでご無礼いたします。楽しい時間を過ごせました」

阿倍内麻呂も胡坐《あぐら》の状態で深々と頭を下げて石川麻呂を見送った。

石川麻呂が見た、阿倍内麻呂の最後の姿であった。

あれほどまでに、良い人に毒をもってしまって良かったのであろうか。

石川麻呂はかなり悩み、帰りながらも言葉を発することは無かった。

また、側近達も誰一人言葉を発することも無く、うつむいて足を引きずるように歩いていた。

翌朝、阿倍内麻呂が大量に吐血して死んだと言う一報が阿倍内麻呂の家臣から石川麻呂のもとに届いた。

その知らせを石川麻呂は目を閉じて聞いていた。

自分の行動は正しかったのだろうか。

強い自責の念に襲われていた。

また朝の早い時刻に、中臣鎌足が気ぜわしい素振りでやってきた。

「右大臣様、大変でございます。左大臣の阿倍内麻呂様が亡くなられたようですね」

大声で、いかにも白々しい言葉であった。

そのあと、石川麻呂の耳元で、

「中大兄皇子様もお喜びのことと思われます。ご苦労さまでございました」

小さな声で囁き、中臣鎌足は足早に帰って行った。

中臣鎌足はその足で、再度中大兄皇子邸に向かい、石川麻呂との話を中大兄皇子に手短に伝えた。

中大兄皇子は、鎌足を伴って橘娘の館に出向き、

「昨夜、御父上の阿倍内麻呂様がお亡くなりになられたようですね。急なことで驚かれたでしょうが気を落とさないように」

と悲しみに暮れる、橘娘を白々しく慰めていた。

鎌足はその光景を見て、中大兄皇子の狂気とも思える尋常でない怖さを感じていた。

孝徳天皇のもとにも、早朝に左大臣の阿倍内麻呂が死亡したとの報がもたらされた。

孝徳天皇の妃の小足媛は阿倍内麻呂の娘であり、阿倍内麻呂は孝徳天皇の義理の父であった。

阿倍内麻呂の急死の報を受けて、孝徳天皇はすぐに中大兄皇子によっての暗殺が頭をよぎった。

「昨夜は右大臣の蘇我石川麻呂殿と懇親の酒を酌み交わしてしたのか。毒を盛られた形跡はないのか」

孝徳天皇はあたりを見回しながら、側近に小さな声で問いただした。

「特に毒を盛られたとか、そのような形跡はないようでございます」

側近の者達も意味不明の急死に、軽率なことも言えず堅く口を閉ざしていた。

蘇我石川麻呂も孝徳天皇のもとに足早にやってきた。

孝徳天皇の脇では父の阿倍内麻呂を亡くした妃の小足媛が涙にくれていた。

石川麻呂は深々と頭を下げて、押し殺すような声で、

「申し訳ありません。昨夜は阿倍内麻呂様と懇親の酒を酌み交わしておりましたが、大変なことになってしまいました。私が帰る時は、阿倍内麻呂様は特に変わったところもなく、お元気だったようにお見受けいたしました」

石川麻呂は、自分が阿倍内麻呂を毒殺したことを大変悔やんでいたが、いかにも何もなかったかのように孝徳天皇に報告をした。

「そうであったか、阿倍内麻呂様は何歳であったかな」

孝徳天皇は小足媛に向かって、慰めるような優しい口調で言った。

「はい、父は確か五十五歳だったかと思います」

小足媛は涙を拭き、頭を下げながら孝徳天皇に呟いた。

「そうか、まだお亡くなりになるような、歳ではなかったな。御母上は気を落としていることでしょう。おかわいそうに。御母上を大事にしてあげなさい」

小足媛を励ますような、柔らかい口調であった。


その日の夜に、石川麻呂の邸宅に異母弟の蘇我日向《そがのひむか》が訪れた。

蘇我日向は石川麻呂より四歳ほど年下の三十八歳であったが、痩せて精悍な感じで石川麻呂とは同い年くらいに見えた。

この二人は、表面上は仲が良さそうであったが、日向の本心は右大臣の石川麻呂を妬《ねた》み中大兄皇子に近づきながら石川麻呂の失脚を模索していた。

日向は額にしわを寄せて、石川麻呂を気遣った素振りを見せて、

「兄上、大変でございましたな。中大兄皇子様のご命令でしたか。首尾よく成功して、良かっ

たですね」

日向は事の真相は知る由もなかったが、小声で石川麻呂の手を握ってささやいた。

「いかにも内密な話であるが、中大兄皇子様と中臣鎌足殿のご命令であった。何か私は大変な過ちを犯した気がする。今は大変悔やんでいる。阿倍内麻呂様の暗殺はやるべきでなかった。中大兄皇子様は、義理の父上をも何事もなかったかの様に平気で殺害してしまう。本当に怖いお方だ」

つい石川麻呂は日向に心を許し、涙して本心を話してしまった。

数日後、この会話が蘇我石川麻呂の命取りになるとは、この時の石川麻呂は全く思ってもいなかった。

作為の謀反《むほん》

翌日の午前、蘇我日向《そがのひむか》は中臣鎌足と共に中大兄皇子の邸宅にいた。

西暦六四九年五月下旬の爽やかな暖かい日であった。

蘇我日向はこの頃は中臣鎌足の下で働いていたが、昨夜石川麻呂から出た言葉を早速鎌足に報告し、すぐさま鎌足と共に中大兄皇子の邸宅に出向いたわけであった。

鎌足は日向からの報告を聞いたときは、中大兄皇子に報告すべきか一瞬迷った。このことを中大兄皇子に報告すると、石川麻呂はどのような処罰を受けるか不安でもあった。しかし、後になって他から中大兄皇子の耳に入った時の事を思うと、鎌足は中大兄皇子に報告しないわけには行かなかった。

蘇我日向は中大兄皇子に対して深々と頭を下げて、緊張で少し上ずった声であったが昨夜の石川麻呂との会話を報告した。

報告内容は石川麻呂の失脚を狙い、昨夜の実際の会話内容とは異なり、日向の脚色も入り誇張もしていた。

「中大兄皇子様、どうも異母兄の蘇我石川麻呂の様子が気になります」

蘇我日向は眉間《みけん》に皺を寄せて、難しい顔をしながら報告していた。

「兄の石川麻呂は中大兄皇子様のお命も狙っているようでございます。それに阿倍内麻呂様の暗殺のことについても、中大兄皇子様のご命令で、やらなければ自分が殺されると言っておりました」

中大兄皇子は余裕をもった態度で聞いていた。

また時には笑顔も見せていた。

「中大兄皇子様、いかが致しますか。私から石川麻呂様に固く口止めをしておきましょうか」

中臣鎌足は、なんとか石川麻呂を助けたい気持ちで中大兄皇子の顔を覗き込んだ。

中大兄皇子も少し間をおいて、

「うーん、そうですね。阿倍内麻呂の暗殺の真相をしゃべり出されても困りますね。私の義理の父でもありますが、この際石川麻呂様にも消えてもらいますか」

少し笑みを浮かべながら、またはっきりとした口調で鎌足と日向に伝えた。

中臣鎌足もさすがに中大兄皇子のあまりの冷酷さに言葉に詰まり、息苦しさを感じていた。

四年前に乙巳の変を一緒に戦ってきた仲間であり、石川麻呂は中大兄皇子と寄りを戻したく必死の思いで阿倍内麻呂を暗殺したであろう。

石川麻呂は自分を頼って来て、何とか娘達の幸せを願いながら中大兄皇子と前のように話ができるようになりたいと願っていた。

中臣鎌足は石川麻呂を助けたかったが、中大兄皇子に言葉を発することはできなかった。

また、蘇我日向も一瞬身ぶるいをするような緊張感が走った。

自分で脚色し誇張した報告によって、異母兄の蘇我石川麻呂が中大兄皇子によって殺されてしまう。

蘇我日向は石川麻呂の失脚は狙ってはいたが、殺害するまでは考えてもいなかった。

中臣鎌足は自分の心の内とは全く別の言葉を絞り出した。

「どのような策に致しますか。謀反の疑いあり、と言うことに致しますか」

そう言って、中大兄皇子の顔を再び覗き込んだ。

「そうしましょう。石川麻呂様と一族全て消えてもらいましょう。ただ、石川麻呂様は右大臣でもあるので、母上（皇祖母尊）と孝徳天皇に蘇我石川麻呂様が謀反の疑いありと申し上げてきましょう。日向殿、貴方にも一緒に宮殿まで来てもらいましょう」

中大兄皇子は蘇我日向の報告には、かなりの脚色が入り嘘《うそ》の報告をしていることは見抜いていた。

中大兄皇子はすぐに孝徳天皇の宮殿に出向いた。

宮殿に着いて、

「日向殿は少しここで待っていて下さい。私一人で孝徳天皇にお会いしてきます」

中大兄皇子は一人で皇祖母尊《すめみおやのみこと》と孝徳天皇の待つ内裏に入って行った。

蘇我日向は大きな緊張の中で、一人で長い時間中大兄皇子の帰りを待つことになった。

その間、蘇我日向は中大兄皇子の冷酷さ、怖さに心が支配され、中大兄皇子に誇張した報告をしたことを後悔し、この場から逃げ出したい気持ちであった。

中大兄皇子は皇祖母尊と孝徳天皇に、右大臣の蘇我石川麻呂の謀反の疑いがある旨を伝えた。

孝徳天皇は青ざめた顔で、

「中大兄皇子様、本当でございますか。大変なことになりましたね」

かなり、慌てた様子で不安そうな口調であった。

石川麻呂は孝徳天皇派で孝徳天皇の側近でもあるので、孝徳天皇は絶対に殺させたくはなかった。

中大兄皇子の冷酷さ怖さを知っている、孝徳天皇は大きく動揺していた。

続けて、

「石川麻呂殿は我々に謀反を企てるとは思いませんが」

孝徳天皇は言葉を発した後、続く言葉が見つからなかった。

少しの間無言であったが、

「姉上（皇祖母尊）どう致しましょうか」

中大兄皇子の母の皇祖母尊に助けを求めた。

孝徳天皇も困っていた。

中大兄皇子の言葉をむやみに否定もできない。

とは言え、石川麻呂が我々に謀反を企てるとは、とうてい思えない。

皇祖母尊から石川麻呂の殺害をやめるように、中大兄皇子に言ってもらいたかった。

「孝徳天皇、貴方の側近で信頼できるものを石川麻呂殿の所に出向かせて真意を正してみてはいかがですか」

皇祖母尊は落ち着いた口調であった。

孝徳天皇もその言葉を聞いて、臣下の者達を石川麻呂の所に出向かせれば、石川麻呂は謀反の企てなど無いと完全否定するだろうと思った。

謀反の疑いが無ければ、石川麻呂を殺害することも無い。

即刻、孝徳天皇の臣下の者達十名ほどが、石川麻呂の邸宅に向かった。

その間、皇祖母尊は中大兄皇子に向かって、

「石川麻呂様は貴方の義理の父でもあるし、討ってしまってよいのですか。貴方の妃の遠智娘が哀しむのではないですか」

母として石川麻呂の娘達が心配であり、中大兄皇子に石川麻呂の殺害を思い止まらせたいとの気持ちもあった。

皇祖母尊は石川麻呂の謀反の企てなど考えられない、中大兄皇子の独断的な暗殺計画ではないのかと考えていた。

孝徳天皇も中大兄皇子に石川麻呂の殺害は何とか思いとどまって欲しかった。

「母上様、孝徳天皇お二人に申し上げておきますが、我々に謀反を企てる者があれば同情は無用と思われます。消し去るほかありません」

中大兄皇子は、顔色一つ変えずに皇祖母尊と孝徳天皇の顔を交互に見据えていた。

しばらくして、孝徳天皇が石川麻呂に遣わした臣下の者達が戻ってきた。

「右大臣様の蘇我石川麻呂様におかれましては、私は謀反など企てておりませんが、直接孝徳天皇様にお会いしてお話がしたいと申されておられました」

と報告を済ませて戻って行った。

夕闇が迫る中、中大兄皇子はその報告を聞いて、阿倍内麻呂暗殺のことが頭をよぎった。

阿倍内麻呂暗殺のことが石川麻呂の口から出るとまずい。

中大兄皇子は即座に、

「そのような甘言に乗るわけにはまいりません。即刻、討伐の兵を組織します。宜しいですね」

無表情ではっきりした言葉であり、皇祖母尊と孝徳天皇は中大兄皇子に対して何も言うことはできなかった。

この頃は、皇太子である中大兄皇子の独裁的な政治体制であり、中大兄皇子に物申せる者は誰一人いなかった。

「日向殿お待たせしてしまったようで申し訳ありませんでした」

中大兄皇子はにこりともしないで、能面の様な顔で日向に言った。

日向は長時間一人で待っていたため、精神的に疲労困憊であり、べっとりと脂汗をかいていた。

すでにあたりは暗闇であったが、中大兄皇子は蘇我日向を従えて月明かりと松明の灯りを頼りに、すぐに屋敷に戻った。

帰宅を待っていた中臣鎌足に、

「長い時間お待たせしました。蘇我石川麻呂様を討つことになりました。蘇我日向殿に軍を率いてもらいたいので、即刻組織して下さい」

無表情で冷たく言い放った。

異母兄を私が殺すことになるのか。

日向も大きく身体が揺れたが、

「はい、承知致しました」

と言うしかなかった。

日向は早朝から夕闇に至るまで中大兄皇子と一緒で疲れ切ってしまったが、改めて中大兄皇子の恐ろしさを痛感していた。

二日後、蘇我日向は百人の兵を組織して、異母兄の蘇我石川麻呂の討伐に向かおうとしていた。

蘇我日向もまさか自分の兵で、異母兄の蘇我石川麻呂を攻めるとは思ってもいなかった。

悩みに悩んだが、中大兄皇子の命令であり石川麻呂を攻めるしかなかった。


石川麻呂は全く謀反の企てなどないので、孝徳天皇に使者を送り何とか孝徳天皇に拝謁して自分の無実の訴えをしたいと願っていた。

しかし、頼りにしていた孝徳天皇からは何の返事もなく全て無視されてしまった。

中臣鎌足にも使いの者を送り必死に自分の無実を訴えたが、何の返答もないまま時が過ぎて行った。

駄目だ、頼りにしている孝徳天皇からも中臣鎌足殿からも何の返答がない。

二人に裏切られた。

このままでは、中大兄皇子に家族、家臣全員殺されてしまう。

何しろ難波を離れて、飛鳥に逃げよう。

飛鳥に逃れて、自らが創建した氏寺の山田寺に逃げ込もう。

石川麻呂はここまで来て、自分を悔いた。

蘇我蝦夷の弟の子として生まれ、当時はれっきとした蘇我一族であったが、中大兄皇子と共に伯父の蘇我蝦夷とその子の入鹿殺害にかかわり、孝徳天皇の右大臣まで上り詰めたが、今度は何の落ち度も罪もない自分が孝徳天皇に無視され中大兄皇子に殺害されようとしている。

このままでは殺される。

今からでも兵を集めて中大兄皇子と戦うか、石川麻呂は迷った。

しかし、中大兄皇子軍、あるいは孝徳天皇軍と戦うとなると、自分は謀反を企てた賊軍になってしまう。

謀反を企てた罪人にはなりたくない。

何しろ身を隠そう。

身を隠した上で、謀反の企てなど無いことを再度申し立てよう。

石川麻呂は山田寺に家族を連れて身を隠した。

しかし、蘇我日向の軍にすぐに在所をつかまれ、山田寺は包囲されてしまった。

「なに、日向の軍だと、日向にも裏切られたか。無念だ。弟の日向に撃たれるのか、これほどの屈辱はない。ならば、兵を集めて戦うべきであった」

石川麻呂は唇を噛み、悔し涙を流しながら叫んだ。

「私が至らないためにこの様なことになってしまい、本当に申し訳なかった。もはや、我々の生き延びる道はない」

石川麻呂は周りの妻子に深々と頭を下げて、

「申し訳ないが、ここで果てるしかない。本当に本当にすまない。憎いのは、ただただ中大兄皇子と中臣鎌足である。悔しい」

悔し涙を流しながらも、毅然とした蘇我石川麻呂の最後の言葉であった。

山田寺で蘇我石川麻呂とその妻と子供達八人は、全て首をくくって自害した。

即刻、蘇我日向により石川麻呂の首は切り落とされ、塩漬けにして中大兄皇子のもとに届けられた。

左大臣の阿倍内麻呂の暗殺からわずか八日目の出来事であり、蘇我石川麻呂四十二歳の生涯であった。

その日のうちに、中大兄皇子と蘇我日向らにより、石川麻呂の親族と側近の家臣の三十八名が謀反に加担したとして捕らえられ、翌日には十四名が斬首刑、九名が絞首刑、十五名が流罪と刑が確定し、即刻執行された。

蘇我日向は思ってもいない大きな粛清に、必死に耐えて震えながら中大兄皇子の命令に従うだけであった。

しかし、内心では中大兄皇子に深い憎しみ、恨みが沸き上がっていた。


四年前の乙巳の変では、孝徳天皇、中大兄皇子、中臣鎌足とともに戦い、蘇我蝦夷、入鹿親子を倒し、一時は中大兄皇子の片腕とも思え、中大兄皇子の義理の父でもある蘇我倉山田石川麻呂も多くの親族、家臣と共に中大兄皇子に消し去られてしまった。


三日後、中大兄皇子は中臣鎌足と一緒に、皇祖母尊と孝徳天皇に拝謁をした。

「母上、孝徳天皇このたびは、いろいろありましたが、謀反を企てた蘇我石川麻呂と一族の掃討が終了致しました。いろいろ調べた結果、どうも左大臣の阿倍内麻呂様も石川麻呂が左大臣の地位を狙って暗殺したようですね」

中大兄皇子は二人に静かな口調で報告をした。

孝徳天皇は中大兄皇子と中臣鎌足の顔を交互に見ながら、

「それはそれは、ご苦労さまでございました。これで謀反の企てを行った者達も掃討でき安心できました。ありがとうございました」

いつにも増して、丁寧に二人に対して頭を下げていたが、孝徳天皇は阿倍内麻呂と蘇我石川麻呂の二人の側近を中大兄皇子に殺され内心は中大兄皇子に深く強い憎しみを持っていた。いつかきっと、中大兄皇子を倒してやろうと強く思っていた。

一方、皇祖母尊はいつもと変わらぬ無表情のまま、

「中大兄皇子殿、貴方の妃には石川麻呂殿の娘の遠智娘《おちのいらつめ》がおりますが、いかがされるおつもりか」

いかにも、中大兄皇子の母親らしく、遠智娘を気遣った言葉であった。

遠智娘を憐れむ心があり、何とか助けたいという強い気持ちもあった。

「母上、私の妃の遠智娘には二人の幼い女の子供がおります。また、遠智娘の妹の姪娘《めいのいらつめ》も私に嫁しております。二人とも石川麻呂の娘でありますが、まあこの度はこのままにしておこうかと思っております。特に姉の遠智娘はだいぶ父親と家族が亡くなったことに対して、嘆き悲しんでおりますので」

中大兄皇子らしくない、優しい言葉であった。

続けて、

「現在、左大臣と右大臣が空席になってしまいましたが、私に心当たりの者がおります。巨勢徳太という者と、大伴長徳という者でございますが、よろしければその二人を左大臣、右大臣に推薦したいと思いますが、いかがでございますか」

先程とは打って変わって、はっきりした厳しい口調であった。

孝徳天皇は心の中は烈火のごとく怒っていたが何も言えなかった。

「中大兄皇子様がご推薦されるのであれば宜しいかと思います」

と言うのみであった。

孝徳天皇も自分の後ろ盾であった阿倍内麻呂と、自分の天皇即位に向けて尽力してくれた蘇我石川麻呂の二人が相次いで亡くなったことにより、今度は自分が中大兄皇子に狙われるのではないかと大きな不安を感じていた。

また自分の側近が居なくなっただけでなく、今度は左大臣、右大臣とも中大兄皇子の側近になってしまった。

孝徳天皇も内心忸怩《じくじ》たる思いであった。

またこの頃は、皇祖母尊も中大兄皇子には、何も言うことができず、

「中大兄皇子様が宜しければ、そのお二人で宜しいのではないですか」

と同意するしかなかった。


その日の夜に中大兄皇子は同行していた中臣鎌足の他に、弟の大海人皇子、巨勢徳太、大伴長徳、蘇我日向を邸宅に呼んだ。

いまの、中大兄皇子に使える幹部達であり、また中大兄皇子に諂《へつら》っている者達でもあった。

「今夜皆様方にお集まりいただいたのは、現在左大臣と右大臣の職が空席になっています。今日の午後に孝徳天皇と皇祖母尊に話をして、了承して貰ったのでその結果を報告申し上げたい」

中大兄皇子はゆっくりした口調であった。

蘇我日向は中央政治の舞台で自分にどの様な役職、地位が与えられるのか内心ワクワクして中大兄皇子の言葉を楽しみに聞いていた。

「左大臣には巨勢徳太殿を、右大臣には大伴長徳殿を任じますのでよろしくお願い致します。また、蘇我日向殿には筑紫国の大宰帥《だざいのそち》をお願いしたい」

蘇我日向は一瞬愕然とし、激しい動悸に襲われた。

なぜに、私が島流しになるのか。

心の中で叫んだ。

鎌足も日向の顔が青ざめ、ひきつって行くのが分かった。

中大兄皇子の本心は、はっきり日向のことは嫌いであった。

日向はずる賢く嘘が多い、そのような男を傍《そば》に置いておきたくない。

また、日向の下から覗き込むような目つきも嫌っていた。

中大兄皇子は島流しとか、栄転とかそんなことはどうでも良かった。

あの程度の男は筑紫国に追いやっておこう。

ただそれだけの単純な理由であったが、いかにも勿体《もったい》をつけて、

「筑紫国は現在混沌としている朝鮮半島の情勢を把握するのに大変重要な地である。そこに日向殿に赴いてもらい、大宰帥としてその地域の軍事を含む統括をしていただきたい」

と言ったが、筑紫国へ赴いた後でも大した仕事は与えなかった。

事実、中大兄皇子は、蘇我石川麻呂と日向との蘇我一族の対立を利用して、石川麻呂は自害に追い込み、日向は遠く筑紫国へ追いやったのであった。

巨勢徳太、大伴長徳、中臣鎌足達は黙って、日向の措置を聞いていたが、だれ一人発言することも無くそれぞれの思いは固く心にしまい込んでいた。

蘇我日向の歳は中臣鎌足より二歳年上の三十八歳であったが、筑紫国で生涯過ごすことになり、その後の歴史に現れることはなかった。

妹との愛

西暦六四九年も七月になり、左大臣阿倍内麻呂の暗殺、また蘇我石川麻呂の自害と一族郎党の大量粛清から二箇月が過ぎようとしていた。

中大兄皇子の妃の遠智娘《おちのいらつめ》は、二箇月前に中大兄皇子に自害に追い込まれた蘇我石川麻呂の娘で、夫の中大兄皇子との間に二人の皇女があった。

姉の大田皇女は七歳になり、とてもしっかりと成長し妹の面倒も甲斐甲斐しくみていた。また二女の鸕野讃良皇女《うののさららのひめみこ》（後の持統天皇）も四歳になり可愛い盛りであった。

遠智娘は二十一歳になり美しく優しく、怜悧《れいり》で非常に繊細《せんさい》な感性を持った女性であった。中大兄皇子に対しても日々献身的に尽くしていた。

そのような遠智娘であったが、父の石川麻呂と優しかった母、それに三人の兄と一人の姉達一族郎党が謀反の疑いで、自害や処刑に追い込まれたことに強く心を痛め日々涙していた。

それに、父の石川麻呂が首を切り落とされるという最も重い刑に処せられたことも、悲しくあまりにも父が哀れであった。

右大臣でもあった父の石川麻呂が、孝徳天皇や我が夫の中大兄皇子に謀反を企てるなど、そのような大それた事をするとは到底考えられません。

遠智娘は部屋に籠り昼夜虚《うつ》ろな目で孤影悄然《こえいしょうぜん》としていた。

二人の子供のためにも強く生きよう。

二人の子供を立派に育てなければとの強い思いもあったが、哀しみの中で自分ではどうにもならず、少しずつ心が壊れて行った。

妹の姪娘《めいのいらつめ》は、姉の遠智娘より四歳年下で、小太りで明るい朗らかな性格であった。美人で聡明な姉の様になりたい、と姉の遠智娘に仄々《ほのぼの》とした憧れを持っていた。

仲の良い姉妹は中大兄皇子の妃として二人で励まし合い、助け合いながら生きてきた。

「姉上様、元気を出して下さい」

姉の遠智娘を励まし、姉の悄然とした状態を見かねて献身的に二人の子供の面倒も見ていた。

姪娘も父の石川麻呂の死、また母や親族の死に直面して本心は苦しく寂しく、一人になると涙が自然にあふれ出していたが、持ち前の明るさと、姉の遠智娘の二人の子供の面倒をみることで、その時は心が癒《いや》されていたのかも知れなかった。

しかし、日に日に遠智娘から笑顔が消え、口数も少なくなっていった。

私は生きているのがつらい。

死なせてほしい。

死にたい。

遠智娘は妹の姪娘に苦しそうに漏らしていた。


一年ほどたって、遠智娘の懐妊したことが判明した。

しかし、その頃の遠智娘はなおさらに、虚ろな目をしていた。

「姉上様、ご懐妊されましたよ。元気をだして丈夫な赤ちゃんをお産み下さい」

姪娘は姉の二人の子を育てながら、必死に姉を励ましていた。

中大兄皇子も遠智娘と姪娘の姉妹には、優しく穏やかに接していた。

「中大兄皇子様、お妃様の遠智娘様は大変衰弱もしており、体力的に出産に耐えられるか心配でございます」

助産役の命婦《みょうぶ》達も大きな不安を抱えていた。

各地から集められた多くの修験者《しゅげんじゃ》達も、遠智娘に憑《と》りついた物《もの》の怪《け》を憑坐《よりまし》と言う童子や女の子に乗り移らせて退散させようと、声を限りに祈祷をしていた。

遠智娘は非常に繊細であるがゆえに、この頃はなおさらに笑顔も消え食事もほとんど口にしなくなり、目に見えて痩せ細っていった。

命婦達の献身的な働きもあり、西暦六五一年の年が明けて間もなく、早産であったが男の子を出産した。

建皇子《たけるのみこ》と命名した。

出産後の遠智娘はまったく気力も体力も失い、笑顔もなく口もきかなくなってしまっていた。

美しく優しい頬笑みはすっかり消えて、以前の遠智娘とは別人のようであった。

「遠智娘様、男のとても可愛い赤ちゃんが生まれましたよ」

命婦達も必死に励ましていたが、建皇子を見ても嬉しそうな顔もせず、

「死にたい」

と口走るばかりであった。

修験者達の声を限りの祈祷も昼夜を問わず続いていた。

声もかすれ、疲れて倒れ込む修験者も出ていた。

お妃様の体力を何とか元に戻さねば。

助産役であった命婦達も必死で手を尽くしていたが、出産後十日目の未明、短剣で胸を突き、喉を裂いて自らで命を絶ってしまった。

一瞬、目を離した隙であった。

「お妃様、何故に」

命婦達は声を上げて嘆き悲しんでいた。

哀しみの中すぐさま、血に染まった寝具を取り換え、また遠智娘の身体の血も綺麗に拭き清められた。

父の蘇我石川麻呂が謀反の疑いで自害に追い込まれ哀しみの中での二年間であり、遠智娘二十三歳の短く悲しい生涯であった。

当時、中大兄皇子は難波長柄豊碕宮《なにわながらとよさきのみや》の宮殿造営に忙しい日々を送っていたが、遠智娘の死に大変憔悴《しょうすい》し強い寂寥感《せきりょうかん》に襲われていた。

姪娘も憧れの姉の死に直面し、温もりの残っている姉の頬《ほお》に手を置き、姉の頭を撫でながら必死で涙をこらえていた。

幼い大田皇女と鸕野讃良皇女の姉妹は母親の死に直面し、傍目に見ていられないほど哀しみ、母上と呼び続けながら泣いていた。

遠智娘の自害の報を聞いて、皇祖母尊は大変驚き、涙を流しながら中大兄皇子のもとへ直ぐに弔問に訪れた。

また、中臣鎌足、大海人皇子始め孝徳天皇、左大臣の巨勢徳太らも一時宮殿の造営を休止して、中大兄皇子のもとに駆け付けた。

二十五歳の中大兄皇子であったが、大変盛大な葬儀であり多くの群臣達は改めて中大兄皇子の大きな力を知ることになった。

遠智娘の死から十箇月程遡《さかのぼ》り、西暦六五〇年三月二十二日、孝徳天皇は元号を大化から新しく白雉《はくち》元年とした。

孝徳天皇の自分の力で倭国を前に進めて行こう。

という強い気持ちのあらわれであった。

乙巳の変の後、天皇に即位して四年八箇月が過ぎ天皇としての自信もついていた。

自分の意志と力で政治を行いたい。

以前のおどおどとした態度も影をひそめ、孝徳天皇に従うように皇族や有力な氏族に積極的に指示も出すようになっていた。

また、自分と小足媛《おたらしひめ》との間にできた皇子《おうじ》の有間皇子を自分の次の天皇に即位させたい、と言う強い気持ちもわいており生前譲位も考えていた。

有間皇子も十一歳になり、とてもしっかりとした利発な少年に育ち、その年齢にしては背も高く、筋肉質で馬術にもたけていた。

また、誰にでも優しく、にこやかに接していて群臣達にも大変人気があった。

「中大兄皇子様は怖く厳しいとこがあるので、本当は有間皇子様に次の天皇になってほしいですね」

「有間皇子様は天皇になれるでしょうか。誅殺されなければ良いですね」

群臣達は小声で囁き合っていた。

孝徳天皇もいかにして有間皇子を次の天皇に即位させるかいろいろ思案を巡らせていたが、周りの臣下達は全て、中大兄皇子の息のかかった者達ばかりであった。

なぜに三十歳も年下の中大兄皇子に、これほどまでに諂わなければいけないのか、中大兄皇子の力を削ぎ、私の周りにも、有間皇子を天皇に強く推してくれるような、力のある者を配置して行こう。

その上で姉の皇祖母尊様にお願いし力になってもらおう。

孝徳天皇は中大兄皇子と距離を取りながら、自分の周りをしっかり固めて行く事を考えていた。

孝徳天皇の皇后の間人皇女《はしひとのひめみこ》（中大兄皇子の同母妹）は小足媛のことを大変嫌っていた。

小足媛とは普段は顔を会わせても全く会話はしていなかった。

間人皇女は二十二歳であったが、三十四歳も年上で兄の中大兄皇子に諂っているような孝徳天皇には魅力も愛情も湧いてこなかった。

また、間人皇女は背が高く顔立ちも、きりっとした美人であり、兄の中大兄皇子、母の皇祖母尊に似て、喜怒哀楽を顔には出さない強い一面を持っていた。

私が孝徳天皇の皇后であるにも関わらず、孝徳天皇は小足媛と有間皇子を溺愛しているし、私は孝徳天皇のことは好きになれない。

小足媛は前の左大臣の阿倍内麻呂の娘であるが、その子の有間皇子が天皇になることは絶対に許せない。

子供のいない間人皇女は、兄の中大兄皇子や中臣鎌足に常々訴える様に話していた。

「兄上様、孝徳天皇は気が小さく、天皇の器ではありません。また次の天皇には有間皇子様を即位させたいと画策しているようです。何とか阻止をして兄上に天皇になっていただきたいと思っております」

間人皇女の本当の心は、若くて強くたくましい兄の中大兄皇子に強い恋心を持っていた。

さすがに、この時代であっても、実の兄と妹の婚姻、恋愛は認められていなかったが、二人は押さえきれない心の高まりがあり秘密裏に密会を重ねるようになっていた。

このことを、知っているのは中臣鎌足のみであり、その鎌足が二人の密会の仲介をしていた。

「鎌足様、いつも兄と会うためにいろいろご面倒をおかけし、本当に申し訳ありません」

間人皇女は鎌足の細かな気配りに、常々感謝の気持ちをあらわしていた。

鎌足は嫌な顔一つしないで、中大兄皇子と妹の間人皇女の密会の手助けをしていた。

「中大兄皇子様、間人皇女様お二人のことで、私にお手伝いできることがあれば、何なりとお命じ下さい」

鎌足も二人のために秘密裡に行動していた。

中大兄皇子の行為は、孝徳天皇の皇后である同母妹との道ならぬ恋であり、自分でも道徳に背いていることは充分に承知していた。

しかし、若い二人は熱烈に愛し合い、深い恋愛関係にあった。

中大兄皇子からすると、孝徳天皇は乙巳の変の時は一緒に戦った同志であったが、今は蘇我石川麻呂と同様に消し去りたい人物の一人に変わりつつあった。

当初は気の小さな性格の孝徳天皇なら扱いやすいと思っていた中大兄皇子であったが、だんだん孝徳天皇が自己主張して、私に意見を言うようになってきたな。

また、有間皇子を次の天皇に考えているとは、もってのほかである。

と強く思うようになってきていた。

それに、間人皇女が孝徳天皇の皇后でいることにも、強い嫉妬心が働いていた。

何とか孝徳天皇から引き離し、間人皇女にはいつも自分の近くにいてもらいたい。

若い中大兄皇子は妹を自分だけのものにしたい、独占したいという、苦しい胸の内が続いていた。

この頃は、孝徳天皇も皇后の間人皇女と中大兄皇子の関係には薄々気づいており、いつか中大兄皇子を倒してやろう。

と常々考えを巡らせていた。

まやかしの和解

孝徳天皇と中大兄皇子との間には大きな確執《かくしつ》が生まれていた。

西暦六五〇年の四月も終わろうとしている二十八日の早朝に、孝徳天皇から中大兄皇子に突然の呼び出しがあった。

それも、小雨の中の呼び出しであった。

「中大兄皇子様、孝徳天皇様が是非おいでいただきたいと申しております」

雨の中使いの者が、丁寧に頭を下げて帰って行った。

中大兄皇子に強い不信感がよぎった。

中大兄皇子はすぐに鎌足に使いの者を差し向け鎌足を自宅に呼び、

「孝徳天皇から呼び出しがありました。何の呼び出しか分かりませんが、私の事を抹殺する事を考えている可能性もあります。鎌足殿も一緒にお願いできますか」

非常に用心深い行動であった。

鎌足も少しの間思案し、

「そうですね、私も一緒にお伴致しますが、弟君の大海人皇子様にも声をかけて三人で行った方が宜しいかと思われますが、いかがですか」

「そう致しましょう、大海人皇子にも話してみましょう」

すぐに、大海人皇子にも使いを出し、中大兄皇子、大海人皇子、中臣鎌足の三人と二十人程の家臣で孝徳天皇の宮に向かった。

雨も上がり蒸し暑くなった午後であった。

家臣達は外で待たせ、三人で孝徳天皇の待つ内裏に向かった。

孝徳天皇は心とは裏腹に、三人をにこやかに出迎えた。

皇祖母尊《すめみおやのみこと》も弟の孝徳天皇の脇に座っていた。

孝徳天皇は真顔に戻り、

「中大兄皇子様、大海人皇子様、中臣鎌足殿、今日は突然お呼び立てして申し訳ありません。三人で来ていただきありがとうございます。実はご相談致したいことが、御座いまして来ていただきました」

皇祖母尊が続けて、

「皆様に来ていただき有難うございます。孝徳天皇からお願い事がありますので、皆様よろしくお願い致します」

いつもの無表情とは違い、頬に赤みがさしているようであった。

中大兄皇子ら三人は果たして何の相談だろうかと、顔を見合わせた。

孝徳天皇が中大兄皇子ら三人の顔を見ながら、

「実は、この難波地に宮殿を造営したいと思っております。いかがでございますか」

中大兄皇子ら三人は思ってもいない話であった。

中大兄皇子は少したためらったが、

「そうですか、大変良いことと思います。今は、蘇我氏も没落し新生倭国を造るのによい機会かと存じます。また、この地は倭国の玄関として朝鮮半島や唐に通じる立派な港もございます」

そう言って、大海人皇子の顔を覗き込んだ。

「兄上がそう申されるなら、私も異存ありません」

大海人皇子も、しっかりした口調で賛成の意向を示した。

「ご賛同いただきまして、有難うございます。つきましては、宮殿の造営についてですが、大変ご苦労をおかけ致しますが、中大兄皇子様に主導していただければと思っておりますが、いかがでございますか」

孝徳天皇はいつもの調子であったが、少し言いづらそうに口ごもって中大兄皇子の気持ちを害さぬように気を使いながら丁寧に頭を下げた。

「分かりました。それでは私が担当いたします」

中大兄皇子は宮殿造営の責任者を任されたことに悪い気持ちはしなかったが、一方で責任の重大さを感じていた。

久しぶりに、孝徳天皇と中大兄皇子で打ち解けて会話をしているようであり、周りの皇祖母尊始め大海人皇子、中臣鎌足も心が安らいでいた。

しばらく、五人での話が弾んでいた。

中大兄皇子が、

「それでは、帰宅して早速宮殿造営の準備に取り掛かりましょう。皆様にお喜びいただけるような立派な宮殿を造営致しましょう」

そう言って、軽く会釈をして立ちあがった。

それにつられるように孝徳天皇も立ち上がり、

「中大兄皇子様、面倒な事をお願い致しまして、本当に申し訳ありません。よろしくお願い致します」

中大兄皇子に歩み寄って頭を下げ、中大兄皇子の手を握った。

そういった、光景は乙巳の変以降、ついぞ見ることはなかった。

しかし、孝徳天皇は内心、中大兄皇子が宮殿造営にあたって、少しでも落ち度があった場合は、それを理由に中大兄皇子、大海人皇子、中臣鎌足らを排除するべく考えを巡らしていた。

翌日の午前中に中大兄皇子の邸宅に、大海人皇子、中臣鎌足とそれに左大臣の巨勢徳太と右大臣の大伴長徳が集められた。

中大兄皇子から昨日の孝徳天皇と皇祖母尊から頼まれた宮殿造営の話があった。

中大兄皇子も宮殿造営の責任者を引き受けた以上、絶対に失敗は許されないと言う、強い覚悟で臨んでいた。

「昨夜一晩考えましたが、高句麗に安鶴宮《あんかくきゅう》という荘厳な宮殿があると聞いています。その宮殿を参考にして造営しようかと思います。そして倭国が朝鮮半島諸国や唐に誇れる様な立派な宮殿にしようと思っています。ついては、中臣鎌足殿に建築関係者を従えて高句麗に視察行ってもらいたいと思いますが、鎌足殿いかがでございますか」

鎌足も責任の重大さに、心臓の鼓動の激しさを感じていたが、

「はい、私が高句麗に行って参りましょう」

緊張した顔であったが、明るくはっきりした声であった。

すぐに人選が始まった。

中臣鎌足の指示で倭国の中で優れた技術を持つ、設計士、大工等が一斉に集められた。

「中大兄皇子様、工事関係者が五十人ほど集まりました。それではその者達を連れて高句麗に

渡って宮殿を見てまいります」

「鎌足殿、よろしくお願い致します。長い船旅になるかと思いますが、ご無事を祈っています」

鎌足達は中大兄皇子に見送られて難波の港から出航して行った。

この頃の船旅は危険も多く、途中で水難事故に会うことも大変多かった。

瀬戸内海から博多を通り、朝鮮半島の西側を北上し高句麗の港に到着し、そこから徒歩で安鶴宮に向かった。

安鶴宮は高句麗が誇る、当時最高の技術の粋を結集した宮殿である。

難波の港を出発して船旅も順調で、十四日目に安鶴宮に着いた。

当時の倭国は高句麗とは特に親しい関係ではなかったが、高句麗の役人達は自慢の安鶴宮を見てもらうことに誇りを感じている様で、気持ちよく鎌足達を迎えてくれた。

安鶴宮に着いた鎌足達は宮殿の荘厳さ、立派さに感嘆の声を上げずにはいられなかった。

「ご立派な素晴らしい宮殿ですね。我々の国もこれから貴方の国に習って宮殿の造営を考えています。貴国程の優れた技術はありませんが、これから造営に取り掛かろうかと思っています」

鎌足はかなりへりくだって、高句麗の役人達に丁重に頭を下げて、宮殿の内外を見せてもらえる範囲でつぶさに見て回った。

高句麗の役人の指示で、見ることは良いが長さとか太さ、高さの計測は許されなかった。

その様なことを想定していた鎌足達は安鶴宮の各所の長さは秘密裏に歩幅で測り、柱の太さや高さは目測で測り、また構造的な物もしっかりと記憶にとどめていた。

「素晴らしい宮殿、また宮殿造営の優れた技術を見せていただき、本当にありがとうございました」

鎌足は再度丁重に頭を下げ、高句麗の役人達に感謝の言葉を述べて、高句麗を後にした。

帰りの船の中で、全員の記憶をたどりながら素早く図面に書き起こし、詳細な安鶴宮の図面が作成されていった。

難波について、鎌足はその図面を持ってすぐに中大兄皇子の邸宅に出向いた。

中大兄皇子はすでに造営の場所も決定していた。

「鎌足殿、お疲れ様でした。ご無事で帰ってこられて本当に良かった。これから、宮殿造営の予定地に行ってみようと思いますが、いかがですか」

中大兄皇子は鎌足の帰りを待ちわびていた感じで、にこやかに鎌足を誘って予定地に馬で向かった。

造営予定地は、谷に囲まれた高台の平坦な地であり、宮殿の造営には最高の場所と思われた。

「中大兄皇子様、これは素晴らしい場所でございますね。良い場所を見つけられましたね」

鎌足はさすが中大兄皇子の感性は素晴らしいと思わずにはいられなかった。

「鎌足殿ありがとうございます。鎌足殿にそう言っていただけると安心できます」

中大兄皇子も鎌足のことは本当に頼りにしており、二人の信頼関係は余人の入り込む隙のないほど強固なものであった。

西暦六五〇年も十月に入り、いよいよ宮殿の建設が始まった。

しかし、この頃は右大臣の大伴長徳は体調が悪く、顔色も土気色で身体もかなり痩せ細り動くのも大変そうであった。

宮殿に中大兄皇子を訪ねた大伴長徳は掠れた声で、

「この様な大事の時に、体調を損ねてしまい申し訳ございません。中大兄皇子様の足手まといになってしまってもいけないので、右大臣の職を辞したいと思います」

中大兄皇子にそう言って深々と頭を下げて涙を流した。

「長徳殿、宮殿造営のことは気にしないでゆっくり休んで、また元気になって戻って来て下さい」

中大兄皇子も内心では大変に心配であったが、大伴長徳に優しく微笑みかけ、そっと肩に手をおいた。

大伴長徳は元気の頃の強面の顔が、今は寂しそうな顔に変わり何度も何度も中大兄皇子に頭を下げながら去っていった。

三箇月ほどして、大伴長徳が死んだと言う報告が中大兄皇子にもたらされた。

「そうか、長徳は亡くなったか。良い男であったがなあ」

中大兄皇子は一人静かに目を閉じて、大伴長徳の死を悼んだ。

大伴長徳四十七歳の生涯であった。

またその頃、中大兄皇子の妃の橘娘が明日香皇女《あすかのひめみこ》を出産し、母子共に元気だと連絡が入った。

橘娘は前の左大臣の阿倍内麻呂の娘であった。

中臣鎌足は微笑みながら中大兄皇子に、

「おめでとうございます。橘娘様それに皇女の明日香皇女様もお元気のようで、おめでたい限りです」

中大兄皇子も嬉しそうに、また少し照れくさそうに、

「どうしたものか、私の子は女の子が多く、男の子は三歳になる大友皇子だけですよ」

と鎌足に向かって苦笑いをしていた。


その後も中大兄皇子を中心として、大海人皇子、中臣鎌足と巨勢徳太らの働きもあり、宮殿建設は順調に進み、宮殿の名称も難波長柄豊碕宮《なにわながらのとよさきのみや》と決定した。

中臣鎌足と共に高句麗に渡って行った、大工の他にも各地から腕の良い多くの大工が集められて建築工事は順調に進み、徐々に宮殿の姿が見えてきた。

中央の宮城南門（朱雀門《すざくもん》）から朝集殿《ちょうしゅうでん》を北に進み、広大な庭と十四棟以上の庁を配する朝堂院《ちょうどういん》を過ぎ、東西の八角殿から内裏《だいり》へと息を呑むような建物であった。

また、建物は全て礎石建ちであり、朝堂院には東西対称に建物と回廊を配置し、その宮殿の広さも南北七五〇メートル、東西六五〇メートルとまさに巨大な宮域であった。

西暦六五二年九月に難波長柄豊碕宮が完成した。

孝徳天皇、皇祖母尊始め群臣達も豪華さ素晴らしさに息をのみ、言葉が出なかった。

まさに、言葉では言い尽くせない程の荘厳《そうごん》な宮殿であった。

あわよくば宮殿造営の失敗を目論んでいた、孝徳天皇も中大兄皇子の実力に感服し、中大兄皇子に賛美の言葉を送るのみであった。

「中大兄皇子様ありがとうございます。このような素晴らしい宮殿を造営いただき感謝申し上げます」

皇祖母尊も五十九歳になっていたが、普段の無表情とは違って本当に嬉しそうであった。

しかし、この頃の中大兄皇子は、孝徳天皇の強い急進的な中央集権化に強く反発し、またさらに孝徳天皇の八方美人的な外交政策もひどく嫌っていた。

孝徳天皇の皇后の間人皇女は二十三歳になっていたが、この頃は人目もはばからず恋愛関係にある兄の中大兄皇子に寄り添い妃のようにふるまっていた。

孝徳天皇も自分の皇后でありながら、あからさまに中大兄皇子に寄り添う間人皇女に対して嫉妬心もあり、大変不愉快でもあったが見て見ぬふりをしていた。

皇后の間人皇女とはそのような状態であり、孝徳天皇は妃の小足媛を深く愛し有間皇子を何とか天皇に即位させたいと考えていた。

難波長柄豊崎宮の造営中は、一時的におだやかそうな関係であった、孝徳天皇と中大兄皇子であったが、二人の関係はかなり悪化し多方面でこじれてもいた。

計画された裏切り

西暦六五三年を迎えた。

新宮殿の難波長柄豊碕宮《なにわながらのとよさきのみや》で造営祝賀の式典が盛大に行われた。

三月にしては暖かい爽やかな日であった。

多くの臣下が集まりひれ伏している中、孝徳天皇と皇祖母尊がお出ましになり、左大臣の巨勢徳太が代表して謹んでお祝の言葉を申し上げた。

しかし、その席には皇太子の中大兄皇子、弟の大海人皇子と内臣の中臣鎌足の姿はなかった。

孝徳天皇は祝の儀式の中、笑顔もなくひどく不機嫌であった。

式典が終わってすぐに、左大臣の巨勢徳太を呼び寄せて、

「巨勢徳太、皇太子の中大兄皇子様達三人は何故に今日は欠席なのですか。貴方は知っている

のでしょう」

孝徳天皇は巨勢徳太を強い言葉で叱責していた。

巨勢徳太も大変困った感じであったが、孝徳天皇の言葉をうつむいて聞いていた。

皇祖母尊は見かねて、

「明日でも私が出向いて、中大兄皇子様に今日の欠席のことをただしてみましょう。巨勢徳太殿をあまり虐《いじ》めては可哀そうです」

そっと孝徳天皇をいさめていた。


翌日の午前中に皇祖母尊は早速、中大兄皇子の邸宅を訪ねた。

中大兄皇子は起きて間もない様子であり、眠そうな目をしていた。

「中大兄皇子様、昨日はどうされたのですか。貴方が欠席だったので弟の孝徳天皇は機嫌が悪く、なだめるのが大変でしたよ」

皇祖母尊はいつもと違って少し頬笑みながら、穏やかな口調で中大兄皇子に言った。

中大兄皇子は、起き抜けで返事をするのも面倒だなという感じであったが、

「実は昨夜、巨勢徳太が報告に参りまして夜遅くまで徳太の話を聞いておりましたが、やはり私は母上の弟君の孝徳天皇とは上手くやって行けそうにありません。性格的にも合わないし、中央集権化に対する考え方、また外交政策に対しても考え方に隔たりがあります」

その話を聞いて、皇祖母尊も少し時間を置いて、

「そうですか。しかし孝徳天皇も貴方に協力していただかないと、政策が頓挫してしまうと思いますよ。孝徳天皇に協力していただけませんか」

中大兄皇子にお願いするような口調であった。

「実は母上、我々は飛鳥に帰ろうと思っております」

さすがの皇祖母尊も驚いて、

「えっ、まだ新しい難波長柄豊碕宮の造営が、貴方によって成されたばかりではありませんか」

口調も強く、声も高かった。

中大兄皇子が、

「弟の大海人皇子も妹の間人皇女《はしひとのひめみこ》」

と言いかけた時、

「皇后の間人皇女も、夫の孝徳天皇を残して飛鳥に帰るのですか」

皇祖母尊は少し落ち着いたようであったが、唖然とした感じであった。

中大兄皇子は静かな、自信に満ちた口調で、

「はい、中臣鎌足は勿論《もちろん》ですが、巨勢徳太も私に着いて来ると申しておりました」

皇祖母尊は困ったような口調であったが無表情のまま、

「そこまで話が進んでおりましたか。また貴方と間人皇女の兄妹の道ならぬ関係は、私もうす

うす気づいております」

皇祖母尊の声は静かで冷静であった。

続けて、

「しかし、貴方と間人皇女は二人とも私の子でありますよ。それに間人皇女は私の弟の孝徳天皇の皇后であるのですよ。貴方ももう少し理性ある行動が出来ませんか」

さすがに皇祖母尊も言葉が強くなっていた。

「母上、申し訳ないが今日の所は帰っていただけませんか。私は母上と議論をしたくもありませんし、お説教も聞きたくありません」

中大兄皇子は少しムッとした感じで、皇祖母尊の言葉をはねのけた。

皇祖母尊も無表情であったが、中大兄皇子の態度に呆れた感じで、

「分かりました。貴方達兄妹のことは絶対に秘密にしますが、貴方達が飛鳥に帰るようだと言うことは明日にでも私が孝徳天皇に話してみます」

皇祖母尊は孝徳天皇のもとに帰って行った。

中大兄皇子は皇祖母尊の後ろ姿を見送りながら、六十歳になろうかと言う母に辛い思いをさせてしまい、また少し言い過ぎたかと内心申し訳なく思っていた。

翌日、皇祖母尊から報告を受けた孝徳天皇は激怒した。

「姉上は何のために、中大兄皇子様の所に出向いたのですか。そのような話を聞くために出向いたのですか」

気丈な皇祖母尊も弟の孝徳天皇と我が子の中大兄皇子との板挟みになってしまい、言葉に窮してしまった。

孝徳天皇は、中大兄皇子に得体の知れない恐怖心を持っており何も言うことができなかったが、かなりの憤《いきどお》りを感じていた。

また皇祖母尊も、孝徳天皇と中大兄皇子の関係は、私にはどうにも出来ない、と言うことは強く感じていた。

後は、自分の身の振り方である。

難波に残るか、飛鳥に帰るかであるが、皇祖母尊の答えは既にはっきりしていた。

この際、弟のもとでなく二人の息子と一人の娘と一緒に行こう。

中大兄皇子と遠智娘との間の三人の孫の大田皇女、鸕野讚良皇女、建皇子とは離れがたい。

何しろ絶対的な権力を持っているのは中大兄皇子である。

それに皇祖母尊には、もう一つ決定的な理由があった。

孝徳天皇の妃の小足媛と、子の有間皇子のことを大変嫌っていた。

孝徳天皇の妃の小足媛は、孝徳天皇の皇后である我が娘の間人皇女に子供がいないことを良いことに、自分の子の有間皇子を次の天皇に即位させようとしている。

有間皇子を天皇にすることは絶対に許せない。

皇祖母尊は以前から強く思っていた。


数日して、難波に残る者、飛鳥に帰る者達が決まった。

中大兄皇子始め公卿《くぎょう》、大夫《だいぶ》、百官《ひゃっかん》ら大多数の者達が帰ることになり、小足媛の妹の橘娘も夫の中大兄皇子と共に帰ることになった。

それに、皇祖母尊、大海人皇子、間人皇女、姪娘と孫達、中臣鎌足それに左大臣の巨勢徳太ら実質的に政治を司《つかさど》っている者達すべてが中大兄皇子と行動を共にしていた。

新しく造営された巨大な、難波長柄豊碕宮には孝徳天皇の他、妃の小足媛と有間皇子とほんの少数の孝徳天皇の側近のみが残っただけで実質的なまつりごとの行為は不可能になっていた。

孝徳天皇は皇后に出て行かれた悔しさがあり、皇后の間人皇女だけでも呼び戻そうと文を書いて送ったり、間人皇女を愛しく想う歌を送ったりしたが、間人皇女からは何の返信もなく、寂しい日々を過ごすのみであった。

その後、中大兄皇子達は難波長柄豊碕宮に戻って政務を行うことはなかった。

また、難波長柄豊碕宮は西暦六八六年正月に大火災を起こし、全焼してしまう。

わずか、三十四年間で、その荘厳な宮殿は姿を消すことになる。

悲しい恨み

西暦六五四年、五十九歳の孝徳天皇は寂しい日々を過ごしていた。

「なぜに、皆は中大兄皇子に付き従って飛鳥に帰ってしまったのだろうか。難波にこの様な荘厳な長柄豊碕宮《ながらのとよさきのみや》を造営したばかりなのに、どう考えても私に落ち度があったとは思えないのだが」

孝徳天皇は口癖のように、三十五歳になった小足媛《おたらしひめ》にいつも同じことを言っていた。

「私は中大兄皇子様のことは嫌いでございます。本当に中大兄皇子様は意地の悪いお方ですね」

小足媛もいつも同じ返事をして、悔しさを滲ませていた。

小足媛は中大兄皇子には戻って来てほしくもなく、二度と会いたくもなかった。

中大兄皇子は妹の橘娘の夫でもあるが、小足媛は中大兄皇子に強い憎しみの気持ちが沸き上がり、また夫の孝徳天皇が哀《あわ》れに思え涙があふれて眠れぬ夜もあった。

孝徳天皇も最近は食事の量も減り、一時から見るとかなり痩せて顔の皺《しわ》も多くなり、顔色も悪く少し腰も曲がり気味で一気に老けこんだ感じであった。

小足媛に、中大兄皇子に対する恨み事など、よく愚痴も言うようになっていた。

また、この頃から孝徳天皇の記憶障害が出始め、言葉も何を言っているのか聞き取りづらくなっていた。

この年は暑い夏であった。

孝徳天皇は小足媛と有間皇子を呼び寄せた。

やっとのことで、言葉を発した。

声はかすれていたが、この時だけはっきりとした言葉で喋《しゃべ》り、しっかりと会話ができた。

孝徳天皇の最後の言葉であり最後の会話であった。

この後は、普通の会話が出来ることは無かった。

「私は天皇を退位しようと思う。そして、昨年から造営している京都の山碕宮も完成したようだし、山碕宮の方がこぢんまりとして生活もしやすいように思うので、山碕宮に移ろうかと思う」

孝徳天皇は冷静に話していたが、急に感極まったように声を震わせながら強い口調になり、

「中大兄皇子に、あれほどまでに馬鹿にされ本当に悔しくてたまらない。私の命をかけて憎い中大兄皇子と中臣鎌足を呪い殺してやろうと思っている」

孝徳天皇は、小足媛の手を握り、有間皇子の顔を見て悔し泣きをしていた。

有間皇子も父の悔しい思いは痛いほど感じていた。

憎いのは、中大兄皇子である。

十五歳の有間皇子は何としても中大兄皇子を打倒したいとの強い思いがこみあげてきていた。

「父上様、京都の山碕宮に移るのは良いと思いますが、天皇退位はもう少し待っていただけませんか。いま父上が天皇を退位してしまうと、中大兄皇子の思うつぼかと思われます」

有間皇子は自分が次の天皇に即位し、中大兄皇子を倒すためにも、できる限り孝徳天皇に長く天皇に留まってほしかった。

有間皇子の母の小足媛も、

「孝徳天皇様退位をするのはもう少し後にして下さい。有間皇子が力をつけて天皇に即位できるようになるまで天皇でいて下さい」

涙を流しながら、孝徳天皇に訴えた。

しかし、その後は孝徳天皇の意識もはっきりすることはなかった。

猛暑の中で孝徳天皇は寝込むことが多くなっていた。

暑かった夏も終わりに近づいた頃、孝徳天皇と小足媛、また有間皇子と孝徳天皇の側近達は難波長柄豊崎宮から京都の山碕宮に移って行った。

十一月に入ると孝徳天皇の病状はかなり悪化していた。

食事もとることができず、起き上がることも儘ならなかった。

言葉もはっきりせず何を言っているのか理解できなくなっていた。

「有間皇子様、孝徳天皇のこの病状を姉上の皇祖母尊様にお伝えした方が良いでしょうかね」

小足媛も病状を伝えるべきか迷っていた。

小足媛の心は孝徳天皇のこの様な状態を中大兄皇子や間人皇女《はしひとのひめみこ》に見られるのが悔しかった。

「母上、やはり皇祖母尊様にはお伝えすべきだと思います。きっと中大兄皇子も一緒に見舞いに来るでしょうね。私も中大兄皇子や間人皇女にはこの様な状態の父を見られたくないです」

有間皇子も皇祖母尊に孝徳天皇の病状を知らせるべきだと思っていたが、中大兄皇子や間人皇女には来てほしくなかった。

翌日、小足媛は孝徳天皇の姉の皇祖母尊に孝徳天皇の病状を伝える文《ふみ》をしたため、側近の者を飛鳥板葺宮に使わせた。

皇祖母尊は知らせを受け取って、すぐに中大兄皇子を呼び、

「弟の孝徳天皇の病状が大分悪いようです」

皇祖母尊は心配そうな顔をして、文に目を落とした。

「昨年私も貴方達と一緒に難波から飛鳥に帰ってしまったので、孝徳天皇は私のことを恨んでいるだろうなと思っています」

と言いながら中大兄皇子に文を手渡した。

中大兄皇子は文に目を落としながら、

「母上、その様なことは全然気にすることはございませんよ。あれは孝徳天皇の自業自得ですよ」

笑いながらはっきりした口調であった。

皇祖母尊は中大兄皇子の、この様な傲慢《ごうまん》なところが嫌いであったが、若い頃の自分に似ているのかも知れないとも感じていた。

「しかし、母上この文の内容から察しますと、孝徳天皇はかなり病状が悪化しているようですが、見舞に行くことに致しますか」

中大兄皇子も真顔で、やや早口で皇祖母尊に言った。

「そう致しましょう。私も弟の孝徳天皇の顔が見たいと思っていました。見舞に行く者の人選は中大兄皇子様にお任せ致します」

皇祖母尊も早く弟の孝徳天皇に会いに行きたかった。

「はい、急いで見舞いに向かう準備を致します」

二日後、皇祖母尊、中大兄皇子と孝徳天皇の皇后の間人皇女、大海人皇子、中臣鎌足と公卿達十数人で山碕宮に出向くことになった。

十一月十五日、京都の山碕宮で孝徳天皇と対面した。

小足媛は、

「皆様方には、遠路ありがとうございます」

と言って、丁寧に頭を下げて申し訳なさそうな、また悲しそうな表情を見せた。

孝徳天皇の寝所には、小足媛と姉の皇祖母尊、皇太子の中大兄皇子と皇后の間人皇女だけが入った。

すでに、孝徳天皇は意識もなく顔色も黄色みがかり、呼吸も荒くやっと呼吸をしているようであった。

これほどまでに、病状が悪化しているとは、部屋に入ったとき三人は息をのんだ。

皇祖母尊は孝徳天皇の枕元に座り、涙を流して孝徳天皇の手を握りながら、小足媛に優しく呟いた。

「小足媛、看病が大変ですね。貴方自身の身体を大切にして下さい」

小足媛も思わず涙を流し、

「皇祖母尊様ありがとうございます。しかし、夫の孝徳天皇の命もそう長くないかと思われます」

涙を拭きながら、やっとのことで微笑んだ。

小足媛は憎い中大兄皇子には、このような孝徳天皇の姿を本当に見せたくなかった。

自分の夫は天皇であるにもかかわらず今は何の力もなく死の淵をさまよい、妹の夫の中大兄皇子にねじ伏せられている。

小足媛は妹の橘娘に対しても、憎さと悔しさ、それに嫉妬の心が溢れていた。

小足媛は自分自身がみじめであった。

しかし今は耐えて我慢をして、いつの日か中大兄皇子に仕返しをしたい。

有間皇子に中大兄皇子を倒してもらいたい。

小足媛は子の有間皇子に大きな期待をかけていた。

「ところで、今日は有間皇子様はどうされましたか」

中大兄皇子はこの席に有間皇子がいないのが気になって、小足媛に声をかけた。

小足媛は突然の質問に少し間をおいて、

「さて、どうしたのでしょうか。間もなく参ると思いますが、皆様方においでいただいているのに、ご挨拶もしないで申し訳ございません」

とっさに中大兄皇子に頭を下げながら答えたが、有間皇子はついに顔を出すことは無く、その後に帰路につくまでの間の中大兄皇子と顔を合わせることも無かった。


九日後、意識が戻らぬまま孝徳天皇は息を引き取った。

天皇の地位を欲し、天皇即位を果たしたが波乱にとんだ、五十九年の生涯であった。

軽皇子当時の孝徳天皇は十一年前に天皇即位を目指して、蘇我入鹿と共に当時の天皇候補の一人であった、山背大兄王《やましろのおおえのおう》（聖徳太子の子）を自害に追い込む襲撃事件を起こした。

その後、入鹿は従兄《いとこ》にあたる古人大兄皇子の天皇即位考えていることが分かり入鹿を裏切り、皇祖母尊（当時の皇極天皇）や中大兄皇子、中臣鎌足と今は亡き蘇我倉山田石川麻呂らと共に、乙巳の変を主導して蘇我入鹿を殺害し、待望の孝徳天皇として即位を果たした。

孝徳天皇に即位後は、大化の改新を進めていたが、中大兄皇子と不仲になり晩年は天皇として惨《みじ》めな生活を余儀なくされた生涯であった。

有間皇子は、天皇であり父であった孝徳天皇という大きな後ろ盾を失い、身の危険を強く感じていた。

「母上様、父上が亡くなった今、私は中大兄皇子により殺害される恐れがあります。身を隠したいと思っておりますが、いかがいたしたら宜しいでしょうか」

母の小足媛も有間皇子の命が危険なのを充分に承知していた。

「有間皇子様、身を隠しても追手が掛かり、きっと見つかってしまうでしょう。父の孝徳天皇の死を悲しむあまり、心の病を発症したことにしてはいかがですか。その上で内密に兵を集め、中大兄皇子を打倒する計画を立てれば良いかと思いますが」

小足媛も何としても我が子を守りぬこうと必死の策であった。

「母上様、それが宜しいですね。心の病を発症し、記憶も無くしたことに致しましょう。その上で内密に同志を募り、中大兄皇子の打倒計画を立ててまいります」

有間皇子母子の、並々ならぬ強い決意が感じられた。

また、この頃は小足媛と妹の橘娘とは気まずい状態になっており、顔を会わせることも無くひどく疎遠になっていた。

孝徳天皇の殯《もがり》の期間は二箇月であり、前の舒明天皇の一年二箇月と比べるとかなり短い期間であった。

その間、有間皇子は虚ろな目で遠くの空間を見つめていて、誰からの言葉にもきちっとした対応をしていなかった。

多くの群臣達も有間皇子の状態を見て大変憂い、また同情の涙を流していた。

ただ、中大兄皇子は中臣鎌足を邸宅に呼び、

「鎌足殿、あの有間皇子の様子は本当であろうか。病気を装っているのではないでしょうか」

と疑念を持っていた。

中臣鎌足も、何とも言えず首をひねりながら、

「うーん。中大兄皇子様、果たして本当に病気でありましょうか。詐病《さびょう》ではないかとも思われますが」

中臣鎌足も有間皇子の病状を疑いながらも、疑心暗鬼の状態であった。

しばらく考えていた鎌足であったが、

「中大兄皇子様、私に心当たりの者がおりますので、その者に有間皇子様の様子を調べさせま

しょうか」

中臣鎌足は中大兄皇子の顔を見ながら、いつものようなはっきりした口調で言った。

中大兄皇子も鎌足の顔を見て、そうして欲しいという感じで、

「鎌足殿の人脈の広いところで、だれか信用出来る者に有間皇子の状態を探らせていただけますか」

「はい、承知しました」

鎌足は自信ありそうな表情で、中大兄皇子に頭を下げた。


二日後、中大兄皇子と中臣鎌足は蘇我赤兄《そがのあかえ》を内密に中臣鎌足の邸宅に招いた。

蘇我赤兄は、蘇我馬子の孫にあたり、馬子の子で乙巳の変の時に自害して果てた蘇我蝦夷の弟の子で三十歳を少し過ぎた年ごろであった。

五年ほど前に中大兄皇子らに自害に追い込まれた蘇我石川麻呂の弟でもあった。

蘇我石川麻呂が謀反の疑いで葬られた後に、中臣鎌足に認められ、中大兄皇子に重用され天皇が旅行で留守の時は天皇の代行をする留守官《りゅうしゅかん》という役職についていた。

蘇我一族と中大兄皇子との関係で、蘇我赤兄も様々な出来事が心に去来していた。

しかし、中臣鎌足は何か事があったときは蘇我一族の蘇我赤兄を使おうと大事な手駒としていた。

中臣鎌足の深謀遠慮の策を凝らしたところであった。

赤兄は小柄で顔立ちは兄の石川麻呂に似たところがあった。

中大兄皇子に向かって赤兄はかなり緊張している感じではあったが、にこやかに、また丁寧に深々と頭を下げた。

中大兄皇子も、今まで何も無かったかのように、にこやかに蘇我赤兄に語りかけた。

「赤兄殿、今日はお呼び立てを致しまして申し訳ありません。実は、内密に赤兄殿にお願いしたい事がございましてご足労いただきました」

西暦六五四年の年も押し詰まった十二月二十四日。

まさに、中大兄皇子、中臣鎌足、それに蘇我赤兄の三人の秘密の会談が始まろうとしていた。

衝撃の連鎖

年が明け、西暦六五五年二月十四日皇祖母尊《すめみおやのみこと》（前の皇極天皇）が飛鳥板葺宮《あすかいたぶきのみや》で三十七代の斉明天皇として再び即位した。

六十二歳であった。

乙巳の変の責任を取ったかたちで皇極天皇を退位してから、九年半ぶりの二回目の天皇即位であり、史上初の重祚《ちょうそ》であった。

多くの群臣達は六十二歳と高齢の皇祖母尊が再び天皇に即位することに違和感を持ち、内心では反対する者も多かった。

なぜに中大兄皇子様ではないのか。

群臣達は囁《ささや》き合っていた。

しかし、その天皇即位の裏では中大兄皇子の意向が大きく働いていた。

ここのところ朝鮮半島情勢も大変に難しい状況にある。

また、いずれは有間皇子も消し去る必要が出てくるであろう。

今は、母を斉明天皇として重祚させるのが最善であり、私は表に出ない方が良いであろう。

私が天皇に即位するのは有間皇子を消し去った後で、今少し国の内外が安定してからの方が良いであろう。

中大兄皇子は自分の天皇即位に関しては、有間皇子の存在が大きく、有間皇子を消し去る必要性があると考えていた。

それには、天皇には即位せずに中大兄皇子のままの方が行動しやすく、いかにして有間皇子を消し去るかの用意周到な準備を迫られていた。

皇祖母尊は再度の天皇即位には非常に消極的であり、強く中大兄皇子に天皇即位を促していたが、中大兄皇子の強引さに負けて重祚することになった。

この年、斉明天皇即位の報を受け、朝鮮半島の三国（高句麗、百済、新羅）も相次いで朝貢《ちょうこう》してきたが、実質的な政治の実権は三十歳の中大兄皇子が握っていた。

「母上、外交や内政については私達にお任せ下さい。右大臣職は空席のままにしておきますが、中臣鎌足殿や左大臣の巨勢徳太それに弟の大海人皇子等と共に進めてまいりますからご安心下さい」

中大兄皇子は穏やかに斉明天皇に話していた。

斉明天皇も若かった皇極天皇の頃とは変わって、ぎらぎらとした上昇志向や冷酷さは影をひそめていた。

「中大兄皇子様ありがとうございます。天皇としての私が必要な時はお声掛け下さい。私は、貴方と亡き遠智娘がもうけた三人の孫達の面倒をみております」

斉明天皇はすっかり祖母の顔になり、天皇とは名ばかりで全権を中大兄皇子にゆだねて自分は孫の大田皇女と鸕野讃良皇女《うののさららのひめみこ》（後の持統天皇）、それに建皇子《たけるのみこ》と会うのを楽しみに過ごしていた。

大田皇女は十三歳、鸕野讃良皇女は十歳に建皇子は四歳になり、可愛い盛りであった。

二人の姉妹は良くしゃべり、賑やかであったが一番下の建皇子は声を発する程度で話す事が出来なかった。

そのことを、斉明天皇は不憫《ふびん》に思い建皇子を非常に愛おしく特に溺愛《できあい》していた。

建皇子は黒眼が大きく、色白でとても可愛い男の子であった。

良く笑い、斉明天皇に甘えいつも斉明天皇に抱きつくようにして一緒にいた。

姉の遠智娘が亡くなった後、妹の姪娘は献身的に三人の子供を育てていた。

遠智娘も姪娘も謀反の企てありと言うことで、一族郎党自害に追い込まれた蘇我石川麻呂の娘であったが、姪娘は明るく何もなかったかのようにふるまっていた。

また、姪娘は斉明天皇が孫を溺愛することに強い嫌悪感を持っていた。

あそこまで、甘やかしては三人とも我儘《わがまま》放題に育ってしまいます。

口には出せなかったが、姪娘はつねづね斉明天皇には三人の子育てには関わって欲しくないと思っていた。


西暦六五五年も暑い夏が過ぎ、紅葉の秋が過ぎ十二月を迎えていた。

十日の未明、北風が吹く寒い夜であったが、飛鳥板葺宮に火災が発生した。

一気に燃え広がり、手の施しようがなかった。

幸いなことに逃げ遅れた者はなく、全員無事であった。

十年余り前に中大兄皇子と中臣鎌足によって、蘇我入鹿が殺害された乙巳の変の舞台であった飛鳥板葺宮は造営後十二年程で火災により姿を消すことになった。

斉明天皇は一時的な仮住まいとして、近くの飛鳥川原《かわら》宮を宮殿とした。

中大兄皇子は斉明天皇と相談の上、急ぎ左大臣の巨勢徳太、大海人皇子、中臣鎌足達を呼んで、

「飛鳥板葺宮が十二月十日の未明に火災になり全てが焼失しました。幸い人的被害はありませんでしたが、急ぎ宮殿を造営しなくてはなりません。皆様方に場所の検討をお願いしたい」

中大兄皇子は冷静に静かな口調であった。

続いて、斉明天皇が頭を下げてから、静かに話し出した。

「飛鳥板葺宮が火災で焼失致しました。新宮殿を造る必要があるかと思っていますが、建設場所は飛鳥板葺宮が建っていた場所とほとんど同じ場所で、以前の飛鳥岡本宮の場所が良いかと思いますがいかがでしょうか」

この話を聞いたときは、巨勢徳太も大海人皇子も中臣鎌足も異存はなかった。

飛鳥岡本宮は斉明天皇が亡き夫の舒明天皇《じょめいてんのう》と暮らした宮であった。

飛鳥岡本宮も十九年程前の西暦六三六年六月に火災で焼失していたが、その時の火災はかなり放火の疑いが強かった。

中大兄皇子は急ぎ新宮殿の造営に取り掛かった。

場所は飛鳥板葺宮の場所と、ほぼ同じ場所での造営工事であったが、急な工事であり民衆を大動員しての造営工事であった。

中大兄皇子と左大臣の巨勢徳太が先頭に立って指示を出していたが、急ぎの工事であり動員された民衆は、寒い中疲れ切り足を引きずるようにして工事に従事していた。

年が明け西暦六五六年になり、やっと暖かく日も長くなりだした五月の中頃に、新しい宮殿の後飛鳥岡本宮《のちのあすかおかもとのみや》が概ね完成に近づいてきた。

かなりの急ぎの工事で、動員された民衆は疲れ切り、寒さと疲労で途中十数人は逃亡していた。

また、事故や飢えによる死者もかなりの人数が出ていた。

民衆達は内心は大きな不平と不満を持っていたが、表面はおとなしく工事に従事していた。

「天皇様、また尊いお方達は、我々のことを何と思っているのだろう」

「虫けらの様に思っているのですよ」

民衆達は陰で囁きあっていた。

六月に入り、やっとのことで完成した、新宮殿の後飛鳥岡本宮でまた火災が発生した。

造営工事に携わった五人の民衆による放火であった。

梅雨に入りじめじめした、月のない真っ暗な夜であった。

中大兄皇子の指示で多くの兵士が松明を持たずに、隠れるようにそっと宮殿周辺を見回っていた。

一人の兵士が同僚の兵士に押し殺すような声で、

「おい、人影が見えなかったか」

同僚の兵士ははっきり確認はできていなかったが、二人は剣に手をかけて、かがみながら足音を偲ばせて小走りに向かった。

五人程の人影が小さな火種らしき物をそれぞれの身体で隠す様に持っていた。

藁をおいて火をつけたところであった。

あっという間に火は燃え広がって行った。

二人の兵士は、

「火事だ。火事だ」

と叫びながら、人影の方に向かって全速力で走った。

五人の人影はそれぞればらばらの方向に走って逃げて行ったが、二人には追い付き背中から斬り裂いた。

後の三人は、暗闇の中に逃げて行った。

中大兄皇子は、すぐに兵士達に命じて殺害した二人の家族をみせしめに捕らえようとしたが、既に他の民衆にまぎれて他国に逃走してしまい発見することは出来なかった。

放火の発見が早かったため、大火災にならずに済んだが、中大兄皇子達には大きな衝撃的な出来事であった。


一年半程たち、後飛鳥岡本宮も平穏を取り戻していた。

西暦六五八年が明けたが、この年の冬は寒い冬であった。

年の初めの頃は雪も少なく、毎日北風が吹き身体が凍るような寒い日が続いていた。

二月に入ったとたんに雪が多くなり、二月二十日も雪が降り続く寒い日であった。

その日の早朝に中大兄皇子のもとに左大臣の巨勢徳太が風邪をこじらせて六十三歳で死去したとの報が入った。

「なに、巨勢徳太が死んだ」

中大兄皇子は絶句した。

急な知らせであった。

中大兄皇子の脳裏に、少し腰をかがめて歩き、あの誰からも親しまれる気さくな巨勢徳太の笑い顔がよぎった。

中大兄皇子にとって中臣鎌足、大海人皇子に次ぐ側近中の側近であり、心に大きな衝撃が走っていた。

この年は死に至るような悪性の風邪が猛威をふるっていた。

斉明天皇もひどい風邪をひいて、かなり咳きこんでいた。

幼い建皇子も風邪をこじらせたか高熱を出し、荒い呼吸で苦しそうな空咳をしながら、寝所で横たわっていた。

いつも斉明天皇と遊んでいた建皇子に斉明天皇の風邪がうつってしまった。

現在であれば誰もが斉明天皇により風邪がうつされたと思ったであろうが、この頃はそのような認識はなかった。

斉明天皇はうろたえていた。

「姪娘、お前は何をしていたのか、お前がしっかり建皇子を看ていないから、こんなことになってしまったではないか」

と強く激しく叱責した。

姪娘はうろたえて泣きながら、

「申し訳ございません。申し訳ございません」

と言うばかりであった。

斉明天皇は建皇子の手を握り締めて、病の回復を願って必死に念仏を唱えていたが、八歳の建皇子は高熱が下がらず、意識も戻らないまま、それから五日後に薨去《こうきょ》した。

斉明天皇は大変哀しみ、声を上げて泣き叫んでいた。

「こんなに幼く、話す事も出来なかった建皇子が薨去するとは、かわいそう過ぎます。私の死後は建皇子と合葬して下さい。お願い致します」

建皇子の頬を両手で擦りながら大粒の涙を流して、しゃくり上げながら泣いていた。

中大兄皇子はその様な斉明天皇の姿を見たのは初めてであった。

以前の、少しの感情も顔には出さず無表情で冷酷であった、若かった頃の母のことをぼんやりと思い出していた。

姪娘は一人ひっそりと陰に隠れるように嗚咽していた。

中大兄皇子も姪娘の肩にそっと手を置きながら、自分自身もひどく憔悴《しょうすい》していることを感じていた。

欺瞞《ぎまん》の企て

後飛鳥岡本宮を造営して二年ほど、建皇子が薨去して半年ほどたった。

西暦六五八年九月のまだ残暑が続く蒸し暑い日の午後であった。

中大兄皇子の邸宅に大海人皇子と中臣鎌足、それに蘇我赤兄《そがのあかえ》の四人が久しぶりに顔を揃えていた。

蘇我赤兄は蘇我石川麻呂の弟であったが、今は中大兄皇子に認められ中大兄皇子の手足となって働いていた。

中大兄皇子より三歳ほど年上の三十六歳であったが、従順に中大兄皇子の言うことに従っていた。

「赤兄殿、最近の有間皇子様の様子はいかがですか」

中大兄皇子が静かな口調で、蘇我赤兄に話しかけた。

蘇我赤兄は中大兄皇子と中臣鎌足の命を受けて三年九箇月ほど前から、有間皇子の動静を監視していた。

「はい、有間皇子様は確かに、心の病にかかり心神喪失状態のように見受けられますが、ここ半年ほど夜になると頻繁に来訪者があり、邸内から笑い声が聞こえてくることがございます」

蘇我赤兄は緊張して少し上ずった声で報告した。

「と言うことは、どのように考えれば良いのか」

中大兄皇子がやや厳しい口調で赤兄に問いただした。

赤兄も、

「はい」

と言って答えに窮している感じであった。

中臣鎌足が、

「赤兄殿、最近の有間皇子邸にはどのような者達が出入りしていますか」

静かな口調で、赤兄の言葉を引き出すような感じであった。

「はい。鎌足様、豪族の塩屋鯯魚《しおやのこのしろ》様や新田部米麻呂《にいたべのこめまろ》様、それに美濃の豪族の守君大石《もりのきみおおいわ》様など、そのような方達かと思われます。また、その中で塩屋鯯魚様と新田部米麻呂様が有間皇子様にごく近い存在であるかと思われます」

蘇我赤兄は、この半年間ほどの状況を丁寧に三人に報告した。

中大兄皇子は声を出さずに含み笑いをしていたが、

「兵を起こすような動きはありそうですか」

真顔になり、鋭い目を赤兄に向けた。

赤兄は中大兄皇子の鋭い視線を感じ、なおさらに緊張して震えた声で、

「今はすぐに挙兵するような動きはなさそうですが、きっと近いうちには、その四人を中心に決起するかと思われます」

赤兄自身も、本当ははっきりしたことは分からなかったが、何か言わなければならなかった。

中大兄皇子は、腕組みをして大きく首を縦に何度か振っていたが、

「よし、分かりました。赤兄殿ありがとうございました。それらの者を排除しましょう。大海人皇子どうする」

ぐっと鋭い目で弟の大海人皇子の方に視線を送った。

大海人皇子も一瞬たじろいだが、おっとりした感じで、

「有間皇子様に謀反の企てあり、と致しますか」

中臣鎌足に同意を求めるように顔を向けた。

中臣鎌足は落ち着いた口調で、

「そうですね。一番状況の分かっている、蘇我赤兄殿に有間皇子様に近づいていただき、謀反を煽動していただきますか」

「よし、そうしよう。赤兄殿よろしく頼みます」

中大兄皇子は、蘇我赤兄にはっきりした口調で告げた。

「はい、分かりました」

赤兄もそのように言うしかなかった。

しかし、赤兄の本心は有間皇子に同情の気持ちもあり、謀反を煽動するような役はやりたくなかった。

内心、鎌足が余計なことを言うなと、鎌足に対して苦々しく思っていた。

続けて、中臣鎌足が、

「赤兄殿、頼みますぞ。中大兄皇子様との連絡係に私がなりますので、何かの時は私の所に使者をつかわせて下さい」

再度の鎌足からの言葉に、赤兄は心とは裏腹に鎌足に対して、

「はい、分かりました」

としっかり言うしかなかった。

有間皇子殺害計画がまとまった。

あとは、いつどのように実行に移すかであった。

西暦六五八年も十月に入り、斉明天皇と中大兄皇子、それに間人皇女らと警護の兵士三十名程で紀伊の牟妻湯《むろのゆ》に保養行くことになった。

これも、有間皇子を油断させる作戦であった。

また、牟妻湯の警護を手薄に見せて、狙いやすくもしていた。

通常であれば、大海人皇子や中臣鎌足も牟妻湯に同行するところであったが、今回は飛鳥に残り、有間皇子の動きに細心の注意を払うことになった。

蘇我赤兄がいかにして上手く有間皇子の謀反の煽動《せんどう》をするか、中臣鎌足が監視役でもあり中大兄皇子との連絡係でもあった。

蘇我赤兄は必死で策を凝らした上で、十月十日の午前中に有間皇子邸の前に立っていた。

秋晴れの心地よい日であった。

蘇我赤兄は大きな深呼吸を三回ほどして、気持ちを静めて有間皇子邸を訪ねた。

母の小足媛《おたらしひめ》が微笑みながら出てきた。

蘇我赤兄は丁重に、自己紹介をして今日訪問した理由を述べた。

小足媛は怪訝《けげん》そうな顔をして、

「有間皇子は心の病により、今は臥せっております。どなたともお会いできる状態ではないので、申し訳ないですがお帰りいただければと存じますが」

と丁寧に赤兄に頭を下げた。

蘇我赤兄もおめおめと帰るわけにも行かず、蘇我一族の蝦夷、入鹿、蘇我田口川堀、それに兄の石川麻呂達がすべて中大兄皇子に殺されたことを、涙を流しながらに切々と話した。

その上で、

「私は微力ですが、有間皇子様がお元気になられたら仲間に加えていただき、中大兄皇子を倒せればと思っております」

小足媛も最初は用心深く話しを聞いていたが、

「蘇我赤兄様、今日の所はお帰りいただけますか。私に考える時間を与えて下さい。明日の同時刻にもう一度来ていただけますか」

と言って再度丁寧に頭を下げた。

蘇我赤兄も、

「承知致しました。また明日お伺い致します。是非とも良いお返事をお聞かせ下さい」

と言って戻っていった。

蘇我赤兄が帰った後、蘇我赤兄を信じても良いものかどうか、小足媛と有間皇子は二人で夜中まで話し合った。

母の小足媛は完全には蘇我赤兄のことは信用できないという気持ちであったが、少しでも見方が欲しい有間皇子は、蘇我赤兄のことを信じ味方に引き入れたいと強く思っていた。

翌朝、蘇我赤兄が再度訪れた。

蘇我赤兄も必死であった。

もし、このまま有間皇子に信用されなかった場合、有間皇子殺害計画も一時中止になり、中大兄皇子により自分が殺されるかもしれない。

蘇我赤兄は小足媛に微笑みながら、

「お約束どおり参上いたしました。有間皇子様のお加減はいかがですか」

丁寧に頭を下げた。

小足媛も昨日とは変わって、柔らかい雰囲気であった。

「良くおいでいただきました。どうぞお上がり下さい。有間皇子は臥せっておりますが、会っていって下さい」

蘇我赤兄は部屋に通され、有間皇子と対面した。

有間皇子はうつろな目をして口を半分開いていたが、顔色は良かった。

蘇我赤兄は、三年以上に亘って内密に有間皇子の動きを監視していたので、すでに詐病ではないかと感じていたが、赤兄は涙を流しながら、押し殺すような声で有間皇子に話しかけた。

「有間皇子様お加減はいかがですか。お初にお目にかかります。私は憎い中大兄皇子に滅ぼされた蘇我一族の蘇我赤兄と申します」

蘇我赤兄は自分の家系を事細かに有間皇子に話し、中大兄皇子に強い恨みを持っていることをはっきりと伝えた。

中大兄皇子により兄の蘇我石川麻呂は一族郎党で自害に追い込まれ、乙巳の変では、従兄の蘇我入鹿が殺害され、伯父の蝦夷も自害に至ったことなど必死に話した。

「私は何とか中大兄皇子と斉明天皇を倒したいと強い憎しみを持っております。是非とも有間皇子様に元気を取り戻していただき、挙兵していただきたくお願い申し上げます」

蘇我赤兄は泣きながら一世一代の大芝居をした。

臥せっていた有間皇子が真顔になって起き上がった。

「蘇我赤兄様貴方のことを信用致します。私は中大兄皇子様からの暗殺を警戒して、心を病んだと見せかけておりました」

十九歳の有間皇子は蘇我赤兄のことを信用した。

「赤兄様、貴方の心が良く分かりました。私の側近の者達とも相談をして、後日赤兄様の邸宅にお伺い致します」

小足媛もうれしそうな顔をして、

「赤兄様の様な力強いお味方が出来て心強く思います。是非とも有間皇子を助けて中大兄皇子を討って下さい」

小足媛も蘇我赤兄のことを頼りに思い、すっかり信頼していた。

「有間皇子様、お病気ではなかったのですね。良かった、良かった。中大兄皇子達も病気と思っていることでしょう」

蘇我赤兄は一瞬驚いた様子を見せてから、全身で嬉しさを表した。

反面、蘇我赤兄の心は大きく揺れていた。

これほどまでに純真な小足媛と有間皇子の母子をだまして、罠《わな》にかけてしまって良いのだろうか。

非常に苦しく、赤兄の心の中では強い葛藤が生まれていた。

翌々日、昼過ぎであったが冷たい北風の吹く中、有間皇子が塩屋鯯魚と新田部米麻呂と守君大石を伴って蘇我赤兄邸を訪れた。

有間皇子の表情は硬かったが丁寧に挨拶をして、三人を紹介した。

蘇我赤兄はにこやかに頭を下げながら、

「有間皇子様、塩屋様に新田部様に守君様、お寒い中お越しいただき誠にありがとうございます」

丁重に四人を出迎え、急いで部屋に案内した。

「赤兄様、今日は秘密裏に五人で中大兄皇子と斉明天皇を倒す計画を相談致したく参りました」

有間皇子は赤兄に向かってにっこり微笑んだ。

塩屋鯯魚と新田部米麻呂に守君大石は堅い表情であったが、三人ともまだ若く精悍《せいかん》な顔立ちであった。

三人は二十歳を少し過ぎた感じで、有間皇子より年上のように見えた。

塩屋鯯魚が鋭い目つきで、蘇我赤兄をしっかり見据えながら、

「今のような、中大兄皇子様の独裁的な政治体制は打破しなければなりません。それには、

我々が立ち上がらなくてはいけません。是非とも赤兄様お力添えお願い致します」

若者達の真摯な思いに蘇我赤兄も心が揺らいでいた。

有間皇子も、

「我々でもっと良い倭国になるように改革をしていきましょう。いま、中大兄皇子様と斉明天皇は牟婁湯に行かれているようですが、今ならば警護も手薄であろうと思います。早急に挙兵致しましょう」

新田部米麻呂も、

「五日後には五十人の兵が揃います。それに赤兄様の兵を加えて、牟婁湯に攻め込みましょう」

若く血気盛んであった。

赤兄の心はなおさらに苦しく、この様な純粋な未来ある若者達を騙《だま》して死に追いやって良いのだろうかと自問自答を繰り返していた。

四人が帰った後も、しばらく赤兄の心は沈んでいた。

本当にあのような、素晴らしい理想を持った純粋な若者達を、騙して殺害してしまって私は良いのであろうか。

何度も何度も心の中で繰り返していた。

暫くして有間皇子の仲間で、先程帰って行った守君大石が一人で周りの様子に注意を払いながら赤兄のもとに戻ってきた。

赤兄は、

「守君大石様どうなさいましたか。忘れ物でもなさいましたか」

気軽に声をかけた。

守君大石は注意深く周りを見回しながら小声で、

「赤兄様、私は先程の三人とは一緒に行動はしておりますが実際は距離を置いています。また私は赤兄様の本当の姿は、中大兄皇子様の家臣で我々の動向を探っているのではないかと思っております」

守君大石は泣き出しそうな表情で、蘇我赤兄にそっと呟いた。

赤兄は一瞬ひどく驚いたが、

「いやいや、それは守君大石様の考え過ぎですよ」

と言いながら軽く微笑んだ。

守君大石は緊張で震える声で、

「そうですか。それならば良いのですが。ただ私は有間皇子様始め、あの三人とは一線を画しているることだけはご承知おき下さい。もし、赤兄様が中大兄皇子様の配下のお方であるならば私のことをよろしく御取り成し下さいますよう、よろしくお願い致します」

守君大石も疑心暗鬼であったが、蘇我赤兄に、このことだけは伝えておきたかった。

守君大石は有間皇子達と行動は共にしていたが、考えは違っていた。

過激に中大兄皇子を倒そうというのではなく、できれば中大兄皇子の家臣の一員に加えてもらった上で中央政治に参加していきたい。

と言うような考えを持っていた。

蘇我赤兄は有間皇子始め三人との密談の内容と、それに守君大石のことを中臣鎌足に正確に伝えた。

赤兄の本心は、鎌足のことは嫌ってはいたが、きちっと正確に伝えざるを得なかった。

中臣鎌足も難しい顔で、腕組みをして聞いていた。

「そうですか、五日後くらいに挙兵しそうですか。有間皇子様達は血気盛んなようですね。また守君大石は違うようですか。守君大石はうまく使えば我々に付きそうですね。分かりました。すぐに中大兄皇子様に報告します。赤兄殿ご苦労様でした」

中臣鎌足は赤兄に労《ねぎら》いの言葉をかけてから、すぐに文をしたため、中大兄皇子に急ぎの使者を送った。

三日後に返信が届いた。

その返信は、即刻、蘇我赤兄の軍を組織し、首謀者全員を捕らえて牟婁湯まで引き立ててくるように。

とのことであった。

その日の夜半には、蘇我赤兄の軍勢百人が有間皇子の邸宅をとり囲んだ。

蘇我赤兄の心は泣いていた。

有間皇子様本当に申し訳ありません。

私は貴方達を騙していたのです。

有間皇子の邸宅には挙兵の相談で塩屋鯯魚、新田部米麻呂それに守君大石らが集まっていた。

「米麻呂殿、兵は集まりましたか」

有間皇子は心配そうな顔を新田部米麻呂に向けた。

「はい有間皇子様、まだ十人程の兵しか集まっておりません。いざとなると、しり込みをする者が多くおりまして、赤兄様の兵を頼るしか」

と言いかけたとき、

「有間皇子様、邸宅の周りが兵に囲まれております」

守君大石が最初に気付き大声で叫んだ。

「なに、囲まれている。だれだ、誰の兵だ」

有間皇子が叫んで暗闇の中、目を凝らした。

塩屋鯯魚が、

「あの松明を持っているのは、うむ蘇我赤兄様か」

「な、なに」

有間皇子は愕然とした。

今の今まで、心を同じくした同志と思い深く信頼していた、蘇我赤兄に騙されたのか。

「何故だ、何故だ」

有間皇子は思わず叫び、唇を噛み自分の愚かさを嘆《なげ》いた。

「皆様、本当に申し訳ありません。あの蘇我赤兄を信じてしまった、私が愚かでした」

塩屋鯯魚も新田部米麻呂も茫然《ぼうぜん》として声が出なかった。

守君大石は、やはりそうであったか。

と内心何とも言えない、得体の知れない安堵感が漂っていた。

塩屋鯯魚が悔しさをにじませながら、

「無念。もはやこれまでですか。もはや命長らえることは」

と言って涙を流し言葉を詰まらせた。

その瞬間、一気に赤兄の軍がなだれ込んできた。

有間皇子ら四人は抵抗する余地もなく後ろ手に縛られ、蘇我赤兄の率いる多くの兵士達に、中大兄皇子の待つ牟婁湯に向けて引き立てられて行った。

十一月九日の早朝から中大兄皇子の尋問が始まった。

四人は後ろ手に縛られ、土の上に正座をさせられていた。

中大兄皇子は勝ち誇ったように、有間皇子に向かって、

「有間皇子、貴方は我が母の斉明天皇の弟の孝徳天皇の皇子であろう。なぜに、私に対して謀反をたくらんだのか。はっきり申してみよ」

冷たく強く抑揚《よくよう》のない口調であった。

有間皇子は悔しく無念であり、母の小足媛の泣いている顔が脳裏に浮かんでいた。

母上無念です。本当に申し訳ありません。

有間皇子も心の中では泣いていたが、そのような姿は中大兄皇子には絶対見せたくなかった。

有間皇子はもはやこれまでと覚悟していた。

「私は叔父上の中大兄皇子様と斉明天皇の政治には不満を持っておりました。しかし、蘇我赤兄様と天のみが私の本当の心を知っております。ただただ無念でございます」

毅然とした態度であった。

また、続けて、

「蘇我赤兄様を信じてしまい、愚かでございました」

はっきりした口調であった。

「甘かったな」

中大兄皇子は鋭い眼光を有間皇子に向け、少し微笑んだように見えた。

他の三人はうつむいて、すすり泣いていた。

厳しい詮議がしばらく続いたが、中大兄皇子は、

「有間皇子は謀反の企てあり。よって絞首刑」

冷たく言い放った。

「塩屋鯯魚と新田部米麻呂は有間皇子を扇動し謀反を企てた。よって斬首刑。即刻首をはねよ」

その言葉を聞き、守君大石の喉はからからで息がつまり、胸苦しく強く目をつむっていた。

果たしてあの時、蘇我赤兄様に言ったことが中大兄皇子様に届いているだろうか。

私は死にたくない。

中大兄皇子の声が、遠くで聞こえた感じがした。

「守君大石は上野国、上州（今の群馬県）に流罪とする」

守君大石は腰が抜けて歩けなかった。

その後、守君大石の刑は許された。

西暦六六五年には、守君大石は白村江《はくすきのえ》の戦いの後の最初の遣唐使として唐に渡って行ったが、
その後の消息は不明である。


十一月十一日、藤白坂で刑が執行された。

有間皇子は後ろ手に縛られ絞首台に立たされ、首に縄がかけられた。

有間皇子は静かに目を閉じていた。

立派な最後であった。

父は孝徳天皇であり、有間皇子は斉明天皇の次の天皇と思われていた。

十九歳で生涯を閉じることになった。

理想に燃えていた有間皇子の心はいかばかりであったろうか。

また、塩屋鯯魚と新田部米麻呂という、優秀な二人の若者も共に斬首の刑で短い命が終わった。

中大兄皇子は有間皇子の抹殺に成功した。

これで、自分の前に出てくるかもしれない邪魔者は全て居なくなった。


有間皇子の母の小足媛は有間皇子が捕らえられたときに、自害したと思われるが定かではない。

小足媛は中大兄皇子のことを言葉に言い尽くせないほど、憎しみ抜いていたであろう。

左大臣であった父の阿倍内麻呂を毒殺され、続いて夫の孝徳天皇も中大兄皇子の陰謀で亡くし、天皇の有力候補であった我が子の有間皇子をまたも中大兄皇子により謀反の疑いをかけられ亡くすことになる。

本来なら天皇の母であったであろう。

小足媛三十九歳であった。

これから後、小足媛は歴史から姿を消すことになり、再び歴史に登場することはなかった。

妹の橘娘《たちばなのいらつめ》は中大兄皇子の妃として、二女に新田部皇女《にいたべのひめみこ》を授かっていたが、新田部皇女は後に大海人皇子に嫁すことになる。

橘娘は天智天皇（中大兄皇子）の妃として、また天武天皇（大海人皇子）の妃の母として西暦六八一年に五十二歳で生涯を閉じることになる。

悲しく孤独な生涯を送った姉の小足媛とは、はっきりと明と暗に分かれた運命的な生涯であった。

蘇我赤兄は中大兄皇子が天智天皇に即位後、左大臣に任命されるが、その後の壬申の乱で大友皇子側について戦うが敗戦。

蘇我赤兄と赤兄の子達全てが大海人皇子により処罰され、蘇我赤兄一族は没落した。

決戦へ

斉明天皇の即位から五年ほど、有間皇子の死から一年余り経った。

西暦六六〇年になると朝鮮半島の百済から倭国に救援要請がたびたび入ってきた。

その頃は倭国が百済の宗主国《そうしゅこく》であり、軍事面でも百済の後ろ盾になっていたが朝鮮半島は百済、新羅、高句麗の三国で激しく争っていた。

特に百済と新羅の争いは激化していた。

三月に入ると新羅は唐に応援を求め、唐は軍を起こし水陸十三万の兵で百済に攻め込んで行った。

大海人皇子は中臣鎌足を伴って、中大兄皇子邸に出向いた。

「兄上様、百済から救援要請がたびたび届いていますが、いかが致しますか」

大海人皇子は困った様子で中大兄皇子に言った。

この頃の倭国は唐とも親交があり、遣唐使も四回ほど派遣していた。

中大兄皇子も考えあぐねていた。

唐との関係もあるし、百済からの応援要請に簡単に乗るわけにもいかないな。

また、唐の軍事力は我が国を凌ぐ力があるかも知れない。

唐と本格的な戦いになった場合、我が国も大変な痛手を被る可能性がある。

中大兄皇子も悩んでいた。

「お二人の考えはいかがですか」

中大兄皇子が意見を求めるのは、非常に珍しい事であり、中大兄皇子の苦悩が伺えた。

しばらく、皆押し黙ったままで重たい空気が漂っていたが、大海人皇子が意を決したように口を開いた。

「私はあまり百済に肩入れをする必要はないと思います。たぶん倭国が出兵しなければ百済は戦いに敗れて滅亡の道を歩むことになるかと思います」

中大兄皇子が言葉をつないだ。

「と言うことは、百済を見捨てろと言うことか」

大海人皇子も自信なさそうであったが、

「は、はい、そうです。百済が滅亡してから、唐と新羅の情勢を見て我々倭国の出方を考えてはいかがですか。いま百済救済の兵を起こせば、どのくらいの軍事力を持っているか、はっきり分からない唐と全面的な戦いになり倭国も甚大な被害をこうむる可能性があるかと思います」

大海人皇子も二十九歳になっていた。

「鎌足殿はいかがですか」

中大兄皇子は鎌足の考えも聞きたかった。

鎌足も額に手を置き、思い悩んだような口調で、

「私も大海人皇子様のお考えに賛成でございます。ただこの先、倭国と唐、新羅の連合軍の戦いになった時のことも考えておかないと、いけないでしょうね」

「と言うと」

中大兄皇子が鎌足に視線を向けた。

鎌足も腕組みをして、目線を下に落としながら、

「戦いが起きれば、筑紫国が最前線になるかと思いますが、そこに中大兄皇子様や大海人皇子様に赴いていただけるような宮殿を造営しておく必要があるかと思われますが。まあ取り越し苦

労ならば良いのですが」

鎌足とすると随分慎重な言い回しであった。

中大兄皇子も大海人皇子に視線を移して、

「大海人皇子はどう考える」

中大兄皇子も迷っている感じであった。

「私は筑紫国に宮殿を造営することは全く考えてもいませんでしたが、鎌足様の考えに賛成でございます」

大海人皇子は、はっきりした口調であった。

大海人皇子が続けて、

「倭国と唐との間で戦いが起こった場合を考えて、確かに筑紫国に拠点を構えて置く必要があると思います」

中大兄皇子も大海人皇子の言葉で決断した。

「よし、筑紫国に宮殿を造営しよう。造営の責任者には大海人皇子殿になっていただきましょう。鎌足殿は私の傍《そば》にいて下さい。よろしいですか」

鎌足も微笑みながら軽く首を縦に振った。

中大兄皇子のその言葉によって、急遽筑紫国に宮殿が造営されることになった。

中大兄皇子が思い出したように、

「そうそう、大海人皇子に話しておきたい事がありました。このことは私と母の斉明天皇しか知り得ない事ですが、いま倭国においでになる百済の王子の豊璋殿《ほうしょう》は中臣鎌足殿の異母弟君なのです」

大海人皇子と中臣鎌足の顔を交互に見ながら静かな口調であった。

豊璋は百済最後の王の義慈王《ぎじおう》の王子であったが、十八年前の西暦六四二年の一月に百済で反乱がおき豊璋家族は追放され、その当時倭国で実権を握っていた蘇我入鹿の力により倭国に渡来していた。

渡来後は蘇我氏の庇護受けていたが、蘇我氏滅亡後は孝徳天皇、皇祖母尊らの庇護を受け、倭国での待遇は決して悪くはなかった。

また中臣鎌足の異母弟と知っている者は、皇祖母尊と中大兄皇子の他にはだれも居なかった。

「はい、中大兄皇子様の言うとおりでございます。特に隠していたわけではありませんが、豊璋は私の異母弟でございますが、そのことは考えずに協議していただければと思っております」

鎌足は大海人皇子の顔を見ながら、はっきりした口調で言った。

鎌足は続けて、

「大海人皇子様が言われるように、一度は百済を滅亡させた方が良いかと思われます。また、もしその後、百済の復興運動が起こるようであれば、その時に豊璋を百済に送り返せば良いかと思われます」

中大兄皇子も唐の軍事力は脅威であり、唐と戦うことに恐怖心がよぎっていた。

また唐とは友好関係も保って行きたかった。

まさに二者択一を迫られ、苦しい選択を迫られていた。

「そうか、なるほど。今回は百済を見捨てることにしよう。百済からの救援要請には応じないことにしよう」

中大兄皇子も弟の大海人皇子と中臣鎌足の意見に同意した。


この年の十二月に、百済滅亡との報が中大兄皇子に届いた。

この頃の大海人皇子は筑紫国の宮殿の造営で、筑紫国へ行ったり、後飛鳥岡本宮に戻ったり忙しい日々を送っていた。

中大兄皇子は大海人皇子と中臣鎌足、それに鎌足の異母弟の豊璋を宮殿に呼んだ。

豊璋は小柄でやせてはいたが、鋭い眼光であった。

中臣鎌足の異母兄弟とはいえ、風貌は似ていなかった。

歳は二十八歳で中大兄皇子より、六歳ほど年下であったが、顔の皺も深く中大兄皇子より老けて見えた。

「皆様、既にお聞きおよびのことと思いますが、百済が滅亡したと言う報が届きました」

中大兄皇子の顔に大変困った様子が伺えた。

続けて、

「それから、私自身面識はありませんが、百済の鬼室福信《きしつふくしん》殿と言う将軍が復興の反乱を企てるため、豊璋殿の王子としての帰国を強く願っています。皆様の考えをお聞きしたい」

中大兄皇子は中臣鎌足の顔を見ながら、静かな口調であった。

鎌足は目を閉じて静かに膝に手を置いて聞いていたが、おもむろに口を開いた。

「この際、豊璋殿は百済に戻られて、鬼室福信殿と一緒に百済の復興に力を注がれた方が良いと思われますが、豊璋殿いかがですか」

豊璋の顔を見ながら促すように言った。

「はい、私も百済を離れて十八年経ちますが、百済に戻った方が良いかと思っています。中大兄皇子様、大海人皇子様、また兄上の鎌足様には大変お世話になりありがとうございました。また百済の復興に関してもお力添えをいただくかとも思いますが、その時はよろしくお願い致します」

豊璋は三人に深々と頭を下げて、心から感謝の意を表した。

「確かに。百済にお戻りになり、鬼室福信殿と一緒に百済復興に力を注がれた方が良いと思われます。百済にお送りする軍船の出港は筑紫国になりますが出港の準備に取り掛かるように指示を出しましょう」

中大兄皇子は三人の顔を見ながら冷静な口調であった。

この時の、百済に残っている唐の駐留軍は一万人程度であると推測できていたので、豊璋と鬼室福信で百済の復興を目指してもらうためにも、倭国からも唐の駐留兵と同数の一万人ほどの兵をつけて、豊璋を送り返せば百済周辺の均衡が保たれ、当面は倭国も唐と全面的な戦いに発展して行かないのではないかとの計算があった。

中大兄皇子ら三人の本音は朝鮮半島の争いには何しろ関わりたくなく、なおさらに唐との全面衝突は極力避けたかった。


西暦六六一年を迎えた。

滅亡した百済は不安定な状況を迎えていた。

早く豊璋を百済に帰したかったが、筑紫国の家臣達は兵士の人選や軍船の準備に手間取っていた。

急遽、中大兄皇子は筑紫国に赴いている大海人皇子に使者を送り、豊璋を百済に送るための兵士の人選も頼んだ。

中大兄皇子は筑紫国の家臣達は何を手間取っているのか、とイライラしていた。

筑紫国の宮殿は、大海人皇子の采配により概ね完成していた。

宮殿の名称も朝倉橘広庭宮《あさくらのたちばなのひろにわのみや》と決定した。

斉明天皇は後飛鳥岡本宮に中大兄皇子を呼び、

「百済は滅亡してしまいましたが、何とか百済の復興の手助けをしなければと思います。倭国も百済の救援のためにも、都を筑紫国の朝倉橘広庭宮に移そうかと思っています。宜しいですか」

はっきりした口調であった。

中大兄皇子も、

「はい、私も急ぎ筑紫へ行こうと思っております。豊璋殿を百済に送り返す手筈が遅すぎます」

斉明天皇は百済救済派であり、唐と戦ってでも百済の復興を願っていた。

中大兄皇子は唐との戦いは避けたい、また朝鮮半島の戦いには関わりたくない、と言う考えであり、唐との関係と百済との関係に、ずっと難しい選択を迫られていた。

中大兄皇子は豊璋を百済に返す準備がどこまで進んだのか心配であったが、大海人皇子も宮殿造営のこともあり、兵士の人選に手間取り中大兄皇子の指示になかなか応えることが出来なかった。

また、中大兄皇子は高齢の母の斉明天皇が筑紫国まで行幸することは反対であった。

しかし、斉明天皇の意思は固く、斉明天皇も同行し筑紫国に都を遷都し百済の救済と唐との戦いに備えることになった。

中大兄皇子も精神的に苦しい日々が続いていた。

何しろ筑紫国へ行かなければ、との焦りと強い思いがあり、急いで準備を整え三日後には中大兄皇子と中臣鎌足は筑紫国へ向けて難波の港から出発していった。

斉明天皇以下、大友皇子、中大兄皇子の妃達、大海人皇子の妃の大田皇女と鸕野讃良皇女達は多くの護衛の兵士と共に遅れて、やはり難波の港から出発して行った。

大田皇女も盧野讃良皇女も中大兄皇子の皇女であったが、姉の大田皇女は十五歳で、妹の盧野讃良皇女は十三歳で共に大海人皇子に嫁いでいた。

中大兄皇子と橘娘の皇女の明日香皇女は十二歳に、後に大海人皇子に嫁す新田部皇女は七歳になっていた。

その二人はまだ幼く母の橘娘と共に後飛鳥岡本宮に残っていたが、半年ほど遅れて筑紫国へ向かって旅立って行った。

先に着いた中大兄皇子と中臣鎌足は大海人皇子と共に、五月に入りすぐに第一派倭国軍を百済に向けて出発させた。

大海人皇子は中大兄皇子に、

「第一派の準備に手間取ってしまって申し訳ありませんでした」

と深々と頭を下げた。

中大兄皇子は大海人皇子の肩を軽くたたきながら、

「いやいや今回は、大海人皇子殿には忙しい思いをさせてしまい申し訳なかった。まずは第一派が出発出来て良かった。お疲れ様でした」

と労いの言葉をかけていた。

第一派倭国軍は豊璋を護送する船団で兵士一万人と軍船百七十隻であった。

豊璋は百済に送り返したが、中大兄皇子と大海人皇子それに中臣鎌足は百済と新羅との戦いの状況、また唐の動きに気を配り神経をとがらせていた。


斉明天皇は難波からの船旅の途中で体調を崩し、伊予の石湯行宮《いわゆのかりみや》に二箇月ほど滞在し、一番遅れて五月九日に筑紫国朝倉宮に到着した。

到着した時の斉明天皇は、かなり疲れた感じで青ざめた顔色であったが、唐の動向にはかなりの不安を感じているようであった。

掠《かす》れた声で、

「中大兄皇子様、私は唐と戦ってでも百済の復興を願っていますが、唐の軍事力を考えたときに倭国の存続は大丈夫であろうか」

斉明天皇は倭国の軍事力、また倭国の防衛体制を大変危惧しているようであった。

唐が攻めてくるとすれば筑紫国であろう。

中大兄皇子も斉明天皇には余裕のある態度を見せていたが、内心は倭国の存亡に大きな不安を感じていた。


八月に入り斉明天皇が疫病にかかり高熱に苦しんでいた。

中大兄皇子は心配そうに母に語り掛けていた。

「母上、気をしっかり持って下さい。きっと治りますよ」

斉明天皇の手をしっかり握っていた。

斉明天皇は高熱が続く中、

「中大兄皇子様、私の命はそう長くないと思います。私は母として貴方に何もしてあげられませんでした」

やっとのことで口を開いた。

中大兄皇子は目に涙をためながら、

「母上、早く元気になって、またいつもの様に私を叱って下さい」

斉明天皇の手を放さず、声を震わせていた。

「中大兄皇子様、あまり自分一人で物事を決めず、皆の意見をよく聞いて立派な天皇になって下さい。これからの倭国をたのみます」

斉明天皇の最後の言葉であった。

その後、斉明天皇は高熱が続き意識も朦朧《もうろう》として言葉を発することはなかった。

中大兄皇子の皇女で弟の大海人皇子に嫁していた、大田皇女と鸕野讃良皇女も一生懸命、斉明天皇の看病をしていた。

しかし、斉明天皇の病状は日に日に悪化して行き、食事も全く出来ず、呼びかけにも反応がなく、口を大きく開きやっとのことで呼吸をしている状態であった。

八月二十四日、中大兄皇子ら多くの親族が見守る中、筑紫国朝倉宮で斉明天皇は崩御した。

六十八歳であった。

皇極天皇として、乙巳の変を主導し蘇我入鹿を殺害し、入鹿の父の蝦夷を自害に追い込み、中大兄皇子らと共に乙巳の変を成功に導いた。

その後、大化の改新を推し進め、孝徳天皇の姉として、そして中大兄皇子、間人皇女、大海人皇子ら三人の母として、気丈で冷酷で強い意思を持ち、戦い続けてきた女帝の生涯が終わった。

「母上、母上」

中大兄皇子は声を上げて泣き崩れた。

強く、冷酷な中大兄皇子も母の斉明天皇を慕い、また強い母を頼りにもしていた。

苦悩の敗戦

西暦六六二年三月に第二派の倭国軍が百済を目指して筑紫国の博多港から出港して行った。

軍船二百隻を超え兵士も二万人程の大軍であった。

倭国と唐、新羅の連合軍との均衡を保ちながらの睨み合いが海上と陸上で続いていた。

間もなく、大きな本格的な戦闘が近づいている予感がしていた。

その年に大海人皇子の子として、妹の盧野讃良皇女が草壁皇子《くさかべのおうじ》を、また翌年の西暦六六三年には姉の大田皇女が大津皇子《おおつのおうじ》を筑紫国で相次いで出産した。

どちらの子も元気な可愛いい男の子であった。

父になった大海人皇子は大変に喜び、

「この二人の兄弟には元気に仲良く育ってほしい、そしていずれは二人とも天皇に即位してほしいものだ」

と顔をほころばせていた。

鸕野讃良皇女と大田皇女の父の中大兄皇子も、

「二人の皇子が続けて生まれて、めでたいぞ。良かった、良かった」

と普段は無表情で笑い顔など見せたことのない、中大兄皇子であったが満面の笑みで喜んでいた。

しかし、この異母兄弟は、後に運命的な生涯を送ることになるとは、この時は誰も知る由もなかった。

西暦六六三年を迎えたが斉明天皇の殯《もがり》の儀礼は続いていた。

殯の儀礼とは、死者の復活と魂の鎮魂を願い、死者に心おきなく旅立ってもらう儀式である。

斉明天皇の殯の期間は五年七箇月におよんだ。

時代と共に殯の期間は短くなってきていたが、七十八年ほど前に崩御した三十代の敏達天皇と同様の期間で、この頃とするとかなり長い期間であった。

また、斉明天皇の崩御の後も皇太子である中大兄皇子は天皇に即位せず、皇太子のまま政治を動かしていた。

中大兄皇子の妹で孝徳天皇の皇后でもあった間人皇女が、時には天皇の役目を果たしていた。


六月に入り中大兄皇子のもとに、百済復興に向けて同一歩調を取っていた百済の豊璋と鬼室福信との間に確執が生まれ、豊璋が鬼室福信を殺害したとの報が入った。

中大兄皇子はすぐに、大海人皇子と中臣鎌足を招集した。

「豊璋殿は何を馬鹿な事をしているのだ」

中大兄皇子はかなり苛立《いらだ》っている様子であった。

「豊璋殿は鬼室福信殿を殺害した後、周留城に籠城しているようだ。このように、百済も分裂状態では復興も遠のいてしまう。鎌足殿どうする」

さすがに、中大兄皇子も困った表情を見せた。

中臣鎌足も疎遠とはいえ異母弟の豊璋のことでもあり言葉に窮したが、

「中大兄皇子様、今の百済は指揮官の心がばらばらで制御が効かなくなっているようです。百済軍はあてにできないと思われます。また豊璋のことは放っておきましょう」

鎌足も考えあぐねて、歯切れが悪かった。

続けて大海人皇子が、

「また唐が百済に向けて軍を送るようなので、百済の宗主国たる倭国が動かないわけにはいかないでしょう。兄上、こちらも第三派の軍を送りますか」

大海人皇子は、中大兄皇子と鎌足を交互に見据えながら続けて、

「またしても唐水軍が百済に出撃となれば、以前に派遣してある第一派と第二派だけでは持ち堪えられない可能性が出てきます。百済はあてにはできませんし、倭国も第三派の水軍を派遣すると言うことになれば、いよいよ戦いに突入していくかとも思われますが」

大海人皇子も難しい顔をして、考えながら言葉をつないだ。

「しかし、まともに交戦するとなると唐の水軍は勿論ですが我が倭国水軍も甚大な損害を被ると思われます」

中大兄皇子が、大海人皇子の言葉を取るようにして続けて、

「それで交戦してすぐに、方向転換してしまえば被害も少なくてすむし、百済にも顔が立つと言うことか」

戦ったふりをする。

大海人皇子の持論であったが、大海人皇子もこの作戦に確固たる自信があるわけではなかった。

中大兄皇子も考えあぐねているようであった。

中臣鎌足は大海人皇子の考え方に、疑問を持ちながら黙って聞いていた。

中大兄皇子は鎌足の方に向き直って、

「鎌足殿、どうですか。この作戦はいかがですか」

鎌足は腕組みをして右手で顎を触りながら、

「確かに大海人皇子様が申されるように、全面的な戦いになると双方にかなりの被害が出ることが予想されます。ある程度交戦して引き返した方が賢明かと思われますが、兵士に徹底できますでしょうか」

鎌足は軍を動かす者、またこれから戦おうとする者が弱気になっていては、士気にかかわると思っていた。

鎌足は続けて、

「兵士には檄《げき》を飛ばして、兵士の戦意を高めてしっかり戦わせましょう。第三派の将軍にだけは、あまり無理をして突っ込んで行くな、とだけ言っておけば良いかと思いますがいかがでしょうか」

鎌足はまた少し時間をおいて、

「先に出ている第一派と第二派との連携も難しく、倭国軍は統率された戦いができるでしょうか」

と不安も感じているようであった。

大海人皇子は、

「それでは、全面的に戦うと言うことですか」

鎌足の方を見ながら、確認するように言った。

鎌足も迷っている様子で、

「他に手がありますでしょうか。短時間でも本気で戦って兵を戻す。徹底できるか分かりませんが第三派の将軍だけでなく、第一派、第二派の将軍にも、無理をしてまでも突き進むなと指示を出しておきますか」

中大兄皇子も、腕組みをして目を閉じてうなずいていた。

「大海人皇子の言っていることは理想であるが、実際には難しいかもしれないな。大きな損害を被ることになるかも知れないが戦うしかないか」

大海人皇子も中大兄皇子と鎌足の意見を聞き、大きな損害が出たとしても本気で戦うしかないかと思った。

暫く三人での議論が交わされた後、

「鎌足様が言われるように兵士が弱気になっていては戦えないですね。私の考え方が独善的であったようです。本気で戦うしかないですね」

大海人皇子も鎌足の意見に応じた。

中大兄皇子もここにきて、はっきりと腹をくくった。

「よし、兵士にはしっかりと戦わせよう。我が軍に大きな損害が出てもその時は、その時です」

かなりの不安を抱えていたが、はっきりと決断を下した。


十月に入り、いよいよ唐水軍と戦闘の時がきた。

倭国軍第三派の出兵であり、本格的な決戦が近づいていた。

中大兄皇子は駿河国の豪族で勇猛果敢な盧原君臣《いおはらのきみおみ》を第三派出兵の将軍に任命した。

大型軍船百七十隻あまり、兵士一万五千人の大軍で筑紫の港を出発し、壱岐、対馬を航行して朝鮮半島に向かった。

十月四日午後四時頃に唐水軍と白村江《はくすきのえ》の河口で対峙《たいじ》した。

白村江の河口は海上からの百済への入り口である。

倭国水軍も第一派、第二派、第三派で、それぞれ出港していた五百隻を超える軍船が集結した。

唐水軍は満を持して待ち構えていた。

唐水軍の軍船の大きさは倭国の軍船とほぼ同じか、中にはかなり大型の軍船も含まれた二百隻を超える軍団であった。

軍船の数では、倭国が圧倒していたが、唐の軍船の多くは周りが鉄の板に覆われている船であった。

唐水軍はすでに白村江の河口を封鎖するように陣を張り、ここから先には一歩たりとも倭国水軍を進ませないという万全の態勢で待ち構えていた。

倭国水軍が白村江に遅れて到着したのが、大きな作戦の失敗だった。

日が西に傾き、冷たい風が吹き始めた中、戦闘が始まった。

倭国の軍船は唐の軍船めがけて、鬨《とき》の声をあげて突き進んで行った。

両軍とも弓で矢を射る戦いとなり、雨のように矢が飛んできた。

両軍の兵士もかなりの数の兵士が倒れて行った。

火の付いた矢も無数に飛んできて、倭国の軍船の多くで火災が発生していた。

唐の軍船も何隻かで火災が起きていたが、唐水軍の方が火矢の数も多く、統率の取れたすさまじい攻撃であった。

火矢を含め弓矢の数も倭国より圧倒的に多かった。

一方、倭国水軍は多くの軍船が集結していたが、統一した指揮官がおらず、五百隻を超える軍船が、ばらばらの動きで、ただむやみに突進するのみであった。

火災も多く発生し一気に劣勢に立たされていた。

船上で兵士達も右往左往して戦闘どころではなくなっていた。

「引けい、引けー」

第三派の指揮官の盧原君臣は大声で退却を命じたが、その指示もほとんどの兵士には届いていなかった。

第一派、第二派、第三派のそれぞれの指揮官の命令もばらばらになり、退却する船や進んで行く船と倭国の軍船は烏合の船団になっていた。

倭国の半数近くの軍船は火災を起こし、多くの兵士は逃げ場を失い海に飛び込んでいた。

負傷した多くの兵士も船上でうずくまっていた。

海は倭国の兵士の血で赤く染まり、また倭国の多くの兵士が海で溺れていた。

倭国の軍船は大火災を起こし進むことも退却することもできず、航行不能の状態になり多くの軍船が残骸となり波間に浮いていた。

唐水軍は上流からの流れを利用して、また統率された攻撃で前進を続け戦いを勝利に導いて行った。

倭国の残り少ない軍船は押し戻され逃げるのが精一杯であったが、唐水軍は深追いをしてこなかった。

倭国水軍は多くの貴重な軍船を失った。

遠くで唐水軍の勝鬨の声が聞こえた。

生き延びた兵士達は言葉も無く、無表情で呆然《ぼうぜん》とし、ただうつむいていた。

同時に陸上軍も唐と新羅連合軍に敗れ、百済から亡命を望む遺民を倭国の軍船に乗せてやっとのことで逃げ帰ってきた。

復興を目指す百済にとって、この戦いでの敗北は大きな絶望感しかなかった。

倭国も考えていた以上の惨敗であり、これ以降、唐と新羅連合軍に攻め込まれる恐怖にさらされ、さらに朝鮮半島からも手を引くことになった。

豊璋はすぐに周留城を捨て、数人の従者とともに高句麗に亡命したがその後の消息は不明である。

倭国《わこく》の存続

西暦六六三年十月九日であった。

五日前に思いもよらず唐に惨敗してしまい、中大兄皇子は弟の大海人皇子、中臣鎌足、それに初めて大友皇子を、現在朝廷を置いている筑紫国の朝倉橘広庭宮《あさくらのたちばなのひろにわのみや》に招集した。

午前十時頃であったが、大海人皇子も中臣鎌足も疲労感が漂い、暗い顔つきで顔色も悪かった。

「皆様、今日は我が皇子の大友皇子にも出席して貰うことにしました。まだ十六歳ですが、よろしくお願い致します」

中大兄皇子から丁寧に紹介があったが、中大兄皇子の顔も暗く五日前の白村江の戦いで負けたショックが強く残っている感じであった。

大友皇子は色白で小柄で、まだ幼い感じの青年であった。

大友皇子は中大兄皇子と伊賀采女宅子娘《いがのうねめのやかこのいらつめ》との子であり、母の伊賀采女宅子娘は伊賀の豪族の娘で身分の低い女官であったが、容姿が美しく中大兄皇子の目に留まり、中大兄皇子の寵愛《ちょうあい》を受け産まれた子であった。

中大兄皇子が口を開いた。

「今回の白村江の戦は大敗北であった。こうなると唐と新羅の連合軍が倭国に攻め込んでくることが考えられるので、筑紫の国の防衛体制をしっかり整える必要があると思われるが皆様のお考えをお聞きしたい」

中大兄皇子とすると、白村江の戦いでここまで惨敗するとは思ってもいなかった。

また、中大兄皇子には、唐と新羅の連合軍が倭国に攻め込んで来るのではないかという、大きな恐怖心が生まれていた。

大海人皇子は、うつむいて中大兄皇子の言葉を聞いていた。

中臣鎌足が、大海人皇子の顔を横眼で見て、私が先に話しても良いですかという素振りをみせて、

「中大兄皇子様、今回の敗北の反省点は、私にもまた倭国水軍にも驕《おご》りがあったと思われます。唐水軍と比べ倭国水軍は国外での戦争経験も無く、また唐水軍の鉄板を張った軍船には太刀打ち

できませんでした。それに個々の兵士の力も唐より劣っていたと思われます」

中臣鎌足はそこまで言ってから、うつむき加減になり、

「どうでしょう、現在の唐は高句麗とも戦闘状態に入りつつあり、倭国のことまで考えている余裕は無いと思いますが」

さらに鎌足は、慎重に言葉を選びながら、

「しかし、唐と新羅の連合軍の攻撃に備えておく必要はあるかと思われます」

そう言って中大兄皇子の考えを聞き出したい感じで、改めて中大兄皇子の顔を見つめた。

中大兄皇子は鎌足の気持ちは分かっていたが、子の大友皇子の考えが聞きたかった。

「大友皇子はどう考えるか」

大友皇子の意見を求めた。

「はい、鎌足様の申されるとおりかと思われます」

中大兄皇子は大友皇子の発言に非常に物足りなさを感じた。

なんだ、大友皇子は鎌足と同じ言葉を繰り返しているだけではないか、我が子なれど情けないな。

と思いながら、今度は大海人皇子を見て、

「大海人皇子はどうだ」

中大兄皇子は立て続けに意見を求めた。

大海人皇子は、倭国が大敗したことを悔やんでいた。

「今回は私が考えていた戦いとは違ってしまいましたが、唐水軍にここまで大敗するとは思ってもいませんでした」

大海人皇子は溜息をして少し間をおいて、

「鎌足様が言われたように、今の唐は倭国のみならず高句麗とも交戦状態にあり倭国にまで手が回らないかとも思われますが、筑紫や対馬それに瀬戸内海沿いの防衛体制はしっかり整えておく必要はあると思います」

大海人皇子も、いつもの自信に満ちた言い方とは違い、伏し目がちに話していた。

続いて鎌足が大海人皇子に、

「大海人皇子様、聞くところによれば弓矢の数も唐水軍の方が多く、火矢の数でも倭国は後れを取ったようでございます」

と言ってから、続けて中大兄皇子に顔を向けて、

「中大兄皇子様、倭国の存続のためにも、急ぎ防御態勢をしっかり整えましょう」

鎌足ははっきりした口調で声の調子も強かった。

その言葉で中大兄皇子の腹も決まり、どの様な防御態勢を構築するか四人での本格的な協議が始まった。

唐と新羅の連合軍が博多港に攻めてきた場合、朝倉橘広庭宮までの防御態勢をしっかり整えて

おく必要があった。

夜を徹して二十時間に及ぶ真剣な協議であった。

中大兄皇子始め四人とも、顔は脂ぎって眼だけ異常に見開いていた。

翌日早朝に防御の体制のあらましが決まり四人とも睡眠もとらずに、すぐさま家臣達を呼び寄せ、手分けで大量の人夫を集める手配が始まった。

急ぎ防御態勢を造る工事の開始である。

昼夜を通して工事は進められた。

時間との戦いであった。

博多港から唐と新羅の連合軍が侵攻した場合、太宰府が防衛の最前線と考えられた。

太宰府開口部を護るために高さ九メートルほどの土塁とその前後に幅六〇メートルほどの水豪をほり大量の水を蓄えた、巨大な水城《みずき》が一・二キロにわたって造られ、太宰府の防衛体制は整えられていった。

太宰府から朝倉橘広庭宮までは二〇キロほどあったが、その途中途中にも侵攻を止めるための水豪や防御用の土塁が積まれ身体を隠しながらも矢を射ることが出来るような体制が取られた。

また、白村江の戦いの反省で弓も大量に作り、かなりの本数の矢も用意した。

工事の合間をぬって、中臣鎌足は中大兄皇子邸を訪れていた。

「中大兄皇子様、防御体制の工事も順調に進んでおります。また朝鮮半島からの渡来人達に聞いた情報では、今のところは唐の軍勢は倭国を攻めて来る気配はなさそうと思われます」

中臣鎌足も多少安堵しているようであったが、真の訪問の理由は別にあった。

また、中大兄皇子も少し余裕を取り戻している感じで、

「鎌足殿いろいろありがとうございます。一応唐からの攻撃は今のところはなさそうですね」

鎌足に笑いかけながら、軽く頭を下げた。

鎌足も微笑みながら中大兄皇子の顔をのぞき込み、本題に入った。

「ところで中大兄皇子様の天皇即位はいかが致しますか。斉明天皇がお亡くなりになり二年が過ぎましたが」

鎌足は続けて、

「中大兄皇子様が天皇に即位されて、先頭に立って我々を引っ張って行っていただければ倭国もまとまりが出ると思われますが」

この様な中大兄皇子の天皇即位に向けての話は、鎌足以外では誰一人として中大兄皇子に対して口にすることは出来なかった。

中大兄皇子も唐と新羅の連合軍の侵攻の不安も和らいできて笑顔が出てきていた。

「まあまあ、鎌足殿そんなに焦らずとも良かろう。しばらくは妹の間人皇女《はしひとのひめみこ》を天皇の代行に立てて私は皇太子のままでの称制《しょうせい》で良いと思っていますよ」

中大兄皇子も気楽に冗談めかして笑いながら答えていたが、鎌足の本心はこの様な答えを望んではいなかった。

有事の時だからこそ中大兄皇子に天皇に即位していただき、指導力を発揮してもらいたかった。鎌足は中大兄皇子の言葉に大きな幻滅を感じ、失望を感じていた。

中大兄皇子はずっと母に頼り、また母が亡くなった後は妹の間人皇女に頼り、母と妹に依存して常に陰に隠れて政治を行っていた。

西暦六四五年の乙巳の変の後、母の皇極天皇が退位した時も中大兄皇子は天皇への即位を目指しているようには見せてはいたが、現実は孝徳天皇に譲り、その後は孝徳天皇の敵にまわり潰しにかかっていた。

自分は先頭に立ちたくないが自分の前に出る男、あるいは出そうな男の古人大兄皇子や有間皇子の様な存在は徹底的に排除したい性格であるように感じていた。

中臣鎌足も中大兄皇子にいろいろ言いたいこと、いろいろ想うこともあったが心の中の奥深くにしまい込むしかなかった。

その後、倭国は筑紫から吉備、それに瀬戸内海と防御態勢を整えていったが、唐と新羅の連合軍が攻めて来ることはなかった。

西暦六六四年の夏も終わり、白村江の戦いから一年が過ぎ倭国も平穏を取り戻しつつあった。

中大兄皇子は天皇に即位せず、皇太子のまま称制を続けていた。

中大兄皇子も三十九歳になり、十九年前の乙巳の変の時のような熱く燃えるような激しい情熱も少しずつ影をひそめていた。

当時、一緒に戦った皇極天皇（後の斉明天皇）、軽皇子（後の孝徳天皇）、それに蘇我石川麻呂もこの世を去っていた。

「鎌足殿、乙巳の変から随分と年が経ちましたね。鎌足殿はお幾つになりましたか」

中大兄皇子は微笑みながら鎌足に語りかけた。

「中大兄皇子様、歳のことは良いではないですか。私ももう五十一歳になります。もう以前のように、身体も動かなくなりました」

いつものような感じで、鎌足も話を楽しんでいた。

しばらくして、中大兄皇子が真剣な顔になり、

「ところで、鎌足殿だけにお話するのですが、実は妹の間人皇女が胃のあたりが痛いと申して、最近は食事もとれない状態なので、大変に心配しているのです」

思いもかけぬ言葉であった。

さすがの、鎌足も言葉に窮したが、何とか言葉を絞り出して、

「それは、ご心配ですね。何か、いけない物でもお口にされましたか」

と言ったが、実際の話はもっと深刻であった。

「いやいや、もう三箇月程前から胃のあたりが痛いと申しまして腹部に子供の拳ほどの大きさのしこりも出来ております。食事をしても戻してしまい、身体も瘦せ細ってしまいました」

間人皇女は中大兄皇子の実の妹で孝徳天皇の皇后であったが、今も中大兄皇子との深い恋愛関係にあった。

孝徳天皇の生前、間人皇女が孝徳天皇の皇后であったとき、中大兄皇子との密会の仲介をしていたのが中臣鎌足であった。

西暦六六五年の年が明けてからも間人皇女は全く食事も取れず、顔の色は黒ずみ、やせ細って眼だけギラギラして、美しく清楚な面影は消えていた。

「兄上様、私は貴方の妹として生まれて来て本当に良かったです。しかし、出来ることならば兄上様と添い遂げて兄上様の妃になりたかったです」

間人皇女は涙を流しながら、中大兄皇子の手を握った。

「間人皇女、元気になって下さい。貴方のことは深く愛しています。元気になってずっと私のそばにいて下さい」

中大兄皇子も声を震わせて間人皇女の手を握りながら、優しく抱き起こした。

「兄上様、私はまだ死にたくありません。もっと、もっと生きたいです」

常に冷静で気丈であった、間人皇女も一気に感情が高ぶり、堰が切れたように中大兄皇子の胸の中で声をあげて泣きだした。

しかし、その声は掠れて力なく、消え入るような、か細い声であった。

中大兄皇子も妹の痩せた背中に手をそえて頬ずりをしながら、ただただ涙を流すばかりであった。

三月に間人皇女は苦しみながら亡くなった。

兄の中大兄皇子の事を深く愛し、そして最後は病に苦しみ、涙を流しながら三十六歳の生涯を閉じることになった。

中大兄皇子の哀しみ方は尋常ではなかった。

実の妹であり、深い愛情で結ばれた二人であった。

中大兄皇子は涙に暮れる中、間人皇女を母の斉明天皇陵に合葬するように命じた。

煩悶《はんもん》のとき

西暦六六七年の正月を迎えていた。

中大兄皇子も四十二歳になっていた。

北風の冷たい寒い日であったが、中大兄皇子は鎌足を朝倉橘広庭宮の宮殿によんだ。

「鎌足殿、ここ数年私の身の回りで、悪い事ばかり起きております。私に悪霊が憑りついているような気が致します」

中大兄皇子は続けて、

「この地に来てから悪いことばかり起こっています。今の情勢だと唐と新羅からの攻撃の心配もないようですし、都をまた飛鳥に戻そうと思いますがいかがですか」

中大兄皇子も大分苦慮している様子であった。

中臣鎌足も中大兄皇子が普段と違い何かに悩んでいることを感じていた。

「中大兄皇子様顔色が優れませんが、何かご心配事でもございますか。飛鳥に遷都するのは賛成でございますが」

と言って中大兄皇子の顔を覗き込んだが、中大兄皇子はにこりともしないで、かなり落ち込んでいるようであった。

「気になるようでしたら祈祷師に悪霊払いをして貰いますか」

鎌足は心配になり、中大兄皇子を励ます様に微笑みかけた。

中大兄皇子も真顔で、

「鎌足殿、悪霊払いをしてもらいましょうか。実はまた、今度は娘の大田皇女の身体の具合が悪く床に臥せっております」

鎌足にとって、またまた思いもかけない言葉であった。

中大兄皇子が筑紫に来てから悪いことばかりが続いており、西暦六六一年八月には母の斉明天皇が崩御し、六六三年十月には白村江で唐水軍に惨敗し、その一年半後には妹の間人皇女が三十六歳で亡くなり、今度は娘で二十五歳の大田皇女が健康を損ねていた。

「そうでございましたか。大田皇女様の具合はいかがですか。それはご心配ですね」

中臣鎌足もまだ若い大田皇女の容態が心配であった。

中大兄皇子も暗い顔で、

「弟で夫の大海人皇子も大変心配しております。まだ子供も幼いし困っております」

低い声で呟いた。

大田皇女は中大兄皇子と遠智娘の皇女であり、盧野讃良皇女（後の持統天皇）の姉であり、弟の建皇子を九年前に亡くしていた。

大海人皇子に十五歳で嫁いで、大来皇女《おおくのひめみこ》七歳と大津皇子《おおつのおうじ》五歳の二人の子供をもうけていた。

「鎌足殿、良い祈祷師を見つけていただけませんか」

「はい、中大兄皇子様それでは、祈祷師を探してみます」

中大兄皇子の声は沈んで、娘の大田皇女のことを大変気遣っているのが分かった。

鎌足は翌日、悪霊払いの祈祷師を呼び寄せた。

五十歳台ほどで目力のある声の太い、男の祈祷師であった。

他に弟子と思われる、若い二十代から三十歳台の男の祈祷師が二人ほど付いてきていた。

祈祷師は三人で無表情のままで大声をふりしぼって悪霊払いを始めた。

数時間三人で祈祷を続けていたが五十歳台と思われる男の祈祷師が、中大兄皇子と鎌足の前に来て深々と頭を下げて、

「中大兄皇子様には、多くの霊が憑りついております。特に二人の霊が強く憑りついているように感じます」

中大兄皇子は眉を顰《ひそ》めて祈祷師の言葉を聞いていた。

「二人の霊と言うと」

中大兄皇子が五十歳台の祈祷師に怪訝そうな声で言った。

「はい、男と女の霊かと思われますが、かなり強く憑りついているように感じますが、しっかりとその霊をお祓い致します」

中大兄皇子は孝徳天皇と有間皇子あるいは小足媛のことを思った。

その三人の霊の誰かが憑りついているとは、ただ事ではではなかった。

「また、大田皇女様の病の治癒は、大変難しいですが、この祈祷でお二人の悪霊払いができるように全力を尽くします」

五十歳台の祈祷師は押し殺すような声で、にこりともしないでそう言って再度頭を深々と下げた。

「しっかり祈祷をして、悪霊払いをお願いします」

中大兄皇子は、この祈祷師達に期待していた。

祈祷師も時には交代しながらであったが十日間ほど、昼夜を問わず声を張り上げて必死に祈祷をしていた。

十日間が過ぎ五十歳台の祈祷師が疲れた顔をして掠れた声で、

「この十日間、全力で中大兄皇子様の悪霊払い、また大田皇女様の病気治癒の祈祷をさせていただきました。中大兄皇子様の悪霊は払えたと思われますが、大田皇女様の病気の治癒はもう少し時間がかかるかと思います」

と言って三人の祈祷師は深々と頭を下げて一旦戻っていった。

その後三日ほどして、五十歳台の男の祈祷師の他に男一人、女二人の三十歳台と思える四人の祈祷師が訪れ、昼夜を問わず声を張り上げての祈祷が始まった。

しかしそれから、一箇月程して大田皇女は薨去《こうきょ》した。

二十五歳であった。

死の間際まで、

「私は死ぬわけには行きません。何としても元気になって幼い二人の子供達を育てなくてはなりません」

と生きることに強い執念を燃やしていた。

大田皇女は幼くして母の遠智娘を亡くし、孤独感、喪失感の中で妹の盧野讃良皇女を守り、姉妹二人で励ましあいながら必死に生きてきた。

また大田皇女が成長し、二人の子供をもうけた後も、唐と新羅の大軍が、いつ玄界灘を渡って攻めてくるか分からない、大きな恐怖と不安に苛まれていた時代であった。

その様な中で最前線の筑紫の地で大田皇女は必死で二人の幼い我が子を守り育ててきた。

しかし、その子供達の成長も見届けることも出来ずに、この世を去っていくとは無念の思いはいかばかりであったろうか。

我が子の大津皇子に天皇即位の夢を託していたであろう。

しかし、その大津皇子も十九年後の二十四歳の時に、盧野讃良皇女に謀反の疑いをかけられ自害に追い込まれ天皇への即位はならなかった。

残酷な歴史の流れであった。

大田皇女の死後は父の中大兄皇子、また夫の大海人皇子は深い悲しみに包まれ、周りの側近達は慰めの言葉をかけることもはばかられていた。

大田皇女が亡くなって三箇月程して、朝倉橘広庭宮から後飛鳥岡本宮に遷都された。

太宰府には多くの兵士を残し防衛体制は整えたままで、中大兄皇子、中臣鎌足、大海人皇子らの主要な多くの者達は、後飛鳥岡本宮に戻っていた。

中大兄皇子は飛鳥に遷都した後も悩んでいた。

「鎌足殿この飛鳥に、もしも唐と新羅軍が攻め込んできた場合、防御体制は大丈夫であろうか。地形が平坦であり攻め込まれてしまうのではないだろうか」

鎌足も飛鳥の地では少し不安があった。

「中大兄皇子様、確かにこの飛鳥の地は防御戦には向いていないかもしれませんね。そうですねえ、近江大津あたりの方が琵琶湖を背にして、防御態勢が取りやすいかもしれませんね」

中大兄皇子は鎌足の言葉に続けて、

「なあ鎌足殿、白村江の戦いで敗れてから私に対しての抵抗勢力も増えてきているように感じていますが、そのあたりはどうであろうか」

中大兄皇子もかなり神経質になっているようであった。

鎌足は思い切って、

「中大兄皇子様、この際近江大津に遷都されて天皇に即位されてはいかがですか。それが一番の方法かと思います」

鎌足の本心は中大兄皇子の天皇即位には、不安は持っていた。

中大兄皇子が天皇に即位した後、自分と大海人皇子の二人で支え切れるだろうか、中大兄皇子には真の指導力があるだろうか、と思いながらも、何しろ今は中大兄皇子に天皇に即位してもらうしかないと考えていた。

鎌足は中大兄皇子に近づいて小声で、

「中大兄皇子様に対する抵抗勢力は私がそっと調べます。その者達は飛鳥に残して中大兄皇子様に従っている者だけ連れていきましょう」

後飛鳥岡本宮に遷都後五箇月程経って、中大兄皇子は急遽後飛鳥岡本宮から近江大津宮への遷都を行った。

群臣達もなぜに飛鳥に戻ったばかりで、また急に近江大津に遷都するのだろうか、と内心反対する者が多かった。

西暦六六七年十二月も押し迫った、二十五日に中大兄皇子は中臣鎌足と大海人皇子を近江大津宮に呼んだ。

「二人に話しておきたいことがあります」

中大兄皇子にしては考えあぐねている感じであった。

一時ほどの勢いもなく、目つきからも力が感じられなかった。

「白村江の戦いに敗戦してから私の求心力も弱まり、また表には出ていないようですが陰に隠れた群臣達の抵抗勢力も出てきているようです」

鎌足と大海人皇子は頭を下げて静かに聞いていた。

「ご存じのとおり、抵抗勢力らしき者達は後飛鳥岡本宮に残してきましたが、今のままでは統率が取れないようです」

中大兄皇子は、なおさらに静かな口調で、

「この際、来年早々に天皇に即位しようと思います」

鎌足にしてみれば、西暦六四五年の乙巳の変以来二十三年間待ち望んだ言葉であった。

反面、鎌足は中大兄皇子自身が先頭に立った時の真の指導力に大きな不安があったが、改めて大海人皇子の顔を見て、いつもの仕草で私が発言して良いですかとの確認を取り、

「中大兄皇子様おめでとうございます。二十三年間そのお言葉を待ち望んでおりました。若干の抵抗勢力もあろうかとも思いますが、そのことについては私達で処理致しますのでご安心下さい」

続いて、大海人皇子も、

「兄上様おめでとうございます。これでやっと倭国も兄上が天皇に即位されることで、一本の大きな強い支柱ができます。鎌足様と共に兄上を支えてまいります」

中大兄皇子とすると苦渋の決断であったが、鎌足と大海人皇子は表面的には嬉しそうであった。

翌年、西暦六六八年二月二十日に中大兄皇子はついに三十八代天智天皇として近江大津宮で即位した。

斉明天皇の崩御後、六年六箇月の間空白になっていた天皇位であり、中大兄皇子四十三歳での即位であった。

自分が天皇に即位することによって、自分に対する抵抗勢力を払拭し、天皇を中心にした政治体制をしっかり作っていこうとの思いが働いていた。

抵抗勢力も中大兄皇子が天皇に即位したことと、また中臣鎌足の強い監視により天皇に従うほかなかった。

同時に弟の大海人皇子を皇太弟に任命した。

左大臣、右大臣は置かず、天智天皇と大海人皇子、それに中臣鎌足による専制的な政治体制であった。

「大海人皇子殿、中臣鎌足殿、色々ありましたが私も天皇に即位する決心がつきました。これからもよろしくお願いします」

天智天皇も大海人皇子と中臣鎌足のことは絶大な信頼を寄せていた。

また、皇后には乙巳の変の後、謀反の企てありと言うことで、殺害した古人大兄皇子の皇女の倭姫王《やまとひめのおおきみ》を迎えた。

倭姫王は古人大兄皇子を殺害した時に館の中で泣いていた赤子であったが、二十六歳になり目鼻立ちの整った美しく清楚な女性に育っていた。

倭姫王の妹の鏡王女《かがみおおきみ》は最初は中大兄皇子の妃であったが、中大兄皇子が中臣鎌足に信頼の証《あかし》にと与え、今は鎌足の正妻で鎌足との間で十歳になる男の子をもうけていた。

後に大宝律令制定に参画し、また平城京遷都を推進した、藤原不比等である。

中臣鎌足もこの時は五十五歳になっていたが、中大兄皇子の天皇即位を心から喜んでいた。

大海人皇子も兄の天皇即位を大変喜んでいた。

天智天皇も、

「大海人皇子、次の天皇は貴方に譲ろうと思っています。その時は我が子の大友皇子のことを頼みます」

「はい。兄上様、私も鎌足様と共にしっかりと兄上を支えてまいります」

兄の天智天皇と弟の大海人皇子の信頼関係も非常に強固であった。

天智天皇の皇子の大友皇子も父の天皇即位を心から喜び、大海人皇子と中臣鎌足に感謝の言葉を述べていた。

「父上様、天皇即位おめでとうございます。また大海人皇子様、中臣鎌足様これからも父のこと、また私のことをよろしくお願い致します」

中臣鎌足も内心は天智天皇の指導力を不安に思ってはいたが、しっかりと天智天皇を支えていた。

この時の四人は強い絆で結ばれていた。

兄弟の決別

西暦六六八年二月に天智天皇が即位してから、間もなくして弟の大海人皇子を苦悩させる出来事が勃発した。

二十年ほど前に一人の女性を兄の中大兄皇子と弟の大海人皇子が一緒に愛してしまったことがあった。

その女性は額田王《ぬかたのおおきみ》であり、当時十九歳になったばかりの額田王はとても麗しく、だれもが息をのむような美人であった。

当時二十代前半の中大兄皇子と、額田王より一歳年上の大海人皇子の兄弟で一人の女性を取り合う三角関係になっていた。

額田王は心の優しさを感じていた弟の大海人皇子を選んで二人は結ばれ、五年ほどして大海人皇子との間に十市皇女《とおちのひめみこ》が誕生していた。

額田王が大海人皇子を選んだときは、負けず嫌いの中大兄皇子は最大の侮辱を感じていた。

この時以降の中大兄皇子は弟に好きな女性を取られた悔しさが積年の思いで残っており、額田王のことはずっと忘れられずに今でも心に思っていた。

しかし、中大兄皇子は、その後妹の間人皇女《はしひとのひめみこ》と熱烈な恋愛関係になり、一時は額田王のことは心から離れていたが、間人皇女が三年程前に亡くなり改めて額田王のことが強く心に現れ出し、今は日々心から離れない存在になっていた。


西暦六六八年三月に入り天智天皇が即位して一箇月ほどたっていた。

大海人皇子が天智天皇に近江大津宮に呼ばれた。

「大海人皇子殿、今日は出向いていただき申し訳ない。実は貴方にお願いがあって来ていただきました」

と言いながら天智天皇の目は一点を見つめながら、どことなく話しづらそうな感じであった。

大海人皇子は、何を言われるのか分からずに、内心は大変不安であったが表情は微笑みを作っていた。

「実は貴方と額田王の皇女の十市皇女《とおちのひめみこ》を我が子の大友皇子の妃として、嫁してもらいたい」

十市皇女も母に似て、また母に勝るとも劣らない、美しい女性であった。

十市皇女は十六歳であったが、異母弟で十五歳の高市皇子《たけちのみこ》を深く愛していた。

その事を知っている大海人皇子は大変に困り、返事に窮していた。

さらに天智天皇は、

「実はもう一つお願いしたいことがあります」

無表情の鋭い眼光が大海人皇子に向けられていた。

今度は何を要求されるのか、大海人皇子は心臓が高鳴り内心たじろいでいた。

「大海人皇子殿、以前に私の皇女の大田皇女と鸕野讃良皇女を貴方に妃として嫁しましたね。また最近は橘娘との皇女の新田部皇女を貴方に嫁し、私との絆を強固なものにしましたね」

大海人皇子はうつむいて聞いていた。

「実は貴方の妃の額田王を私の妃に迎えたいのだ。私は貴方の妃の額田王を二十年にもわたり忘れられずにいました。貴方と私の信頼の証としてぜひ私に譲ってもらいたい」

この頃の結婚の形は、現在とは大きくかけ離れ、また貞操観念も、現在とは大きな違いがあったが、大海人皇子は一瞬息が止まるほどの驚愕《きょうがく》であった。

困った。

「少し時間を頂けませんでしょうか。一度帰って本人達に問うてみたいと存じます」

やっとのことで、言葉を絞り出したが、その言葉が精一杯であった。

天智天皇が一度発した言葉を覆すわけがない。

天智天皇は無表情な顔でうなずいた様にも見えた。

大海人皇子は帰宅してすぐに、妃の額田王と皇女の十市皇女を呼び寄せて天智天皇に言われたことを二人に伝えた。

十市皇女は下を向いたまま、声を立てずに泣いていた。

「父上様、私は高市皇子様の妻として嫁したいと思っております。しかし天智天皇のご命令では」

それ以上は言葉にならなかった。

額田王も静かに諦めた口調で、

「天智天皇のことです。この話を拒否すれば我々は滅亡に追い込まれるでしょう。大海人皇子様、天智天皇と戦うだけの気力と戦力はありますか」

美しい顔に涙があふれていた。

大海人皇子も涙を手でぬぐいながら、

「今の私の軍事力では、兄の天智天皇の軍にはとても及ばない。即座に滅ぼされてしまうだろう」

と悔しさをにじませていた。

大海人皇子はその夜は眠れずいろいろ考えあぐねていたが、中臣鎌足に相談してみることにした。

翌日、早朝に早速鎌足の邸宅を訪ねた。

三月とはいえ寒い朝であった。

鎌足も寝起きのようであったが、大海人皇子の顔を見てただならぬ様子を感じ取った。

「大海人皇子様、どうされました」

大海人皇子も困ったような様子で鎌足の顔を見て、

「鎌足殿早朝から申し訳ありません。実は」

と言ってここ数日の出来事を丁寧に話した。

鎌足に天智天皇が思い直すように話してもらいたかったが、鎌足は困ったような顔をしていた。

「大海人皇子様、天智天皇から出た言葉です。私ごときが天皇に思いとどまるように話しても、火に油を注ぐ結果になってしまう可能性があります」

鎌足も申し訳なさそうに、言葉を発し、しばらく二人の間に沈黙が続いた。

大海人皇子も昨夜暗闇で考えたことと、早朝の明るくなってからの考え方で少し違ってきていた。

鎌足にこれ以上は迷惑をかけられないと思い、

「鎌足殿、私的なことでお伺いし申し訳ありませんでした」

大海人皇子は鎌足に未練を残しながらも静かに頭を下げた。

「大海人皇子様、何のお役にも立てなくて申し訳ございません」

鎌足もそれだけ言うのが精一杯であった。


二日後、額田王は天智天皇に、十市皇女は大友皇子に嫁いで行くことになり、大海人皇子は天智天皇のもとに出向いた。

大海人皇子は天智天皇に深々と頭を下げて、

「兄上、妻の額田王と娘の十市皇女に話を致しまして、兄上と大友皇子様に嫁すことに二人とも同意致しました」

天智天皇は大海人皇子の言い方に気分を害したようであった。

「嫁すことに同意とな。分かった。大海人皇子殿後の手筈はよろしく頼む」

と言って厳しい顔をして、横を向いて席を立ってしまった。

大海人皇子は悔しさのあまり、周りの群臣達を怒鳴り散らしたい胸の内であった。

この一件から、今まで仲良さそうに振る舞っていた、天智天皇と大海人皇子の関係が一気に瓦《が》解《かい》していった。

額田王は、しっかりと大海人皇子の顔を見て、

「私は、天智天皇のもとに参りますが、大海人皇子様のことは生涯夫と思い決して忘れません」

と涙をためた目で、微笑みながら去って行った。

十市皇女と愛し合っていた高市皇子は悔しさと共に大友皇子への強い遺恨が沸き上がっていた。

天皇に即位してからわずか一箇月程であったが、今回のような天智天皇の強引さ、我儘さに鎌足も悩んでいた。

天皇になられてからは、以前のような明るさが無くなってしまって、人が変わってしまったようだ。

あれだけ、打ち解けていた鎌足も、少し距離を置いている感じであった。

盟友の死

西暦六六九年九月、天智天皇が即位して一年と七箇月が過ぎようとしていた。

鎌足は天智天皇の横暴さ、傲慢さに頭を痛めていた。

少しのことでも大海人皇子を怒鳴り、傍目にも大海人皇子が可哀想であった。

鎌足に対しても、以前の様な気安さはなく強い言葉で叱責することもあった。

天智天皇は、いつもイライラしている様であり、以前と違って何事にも自信なさそうであった。

天皇の重責に耐え切れないのであろうか。

鎌足も困っていた。


そんな中、大事件が起きた。

十月に入り、中臣鎌足が山科の御猟場で狩りの途中、落馬して背中を強く打ち意識も混濁していると言う報であった。

その報を聞き天智天皇は驚きと共に、身体が震え意識が遠のいて行くような喪失感に襲われた。

「鎌足は乗馬の名手であるぞ。何かの間違いであろう。鎌足が落馬するなどとは考えられない」

報告に来た側近の者に、強い言葉で確認するように言った。

側近の者はおろおろしていたが、続けて次の報告があった。

「中臣鎌足様、狩りの途中で木の枝が出ているのに気付かず、枝にぶつかり背中から落馬したようでございます」

「分かった。すぐに鎌足の見舞に行く。用意いたせ」

天智天皇はわずかな側近を従えて、青ざめた顔で鎌足の館に向かった。

「鎌足殿どうした。大丈夫であるか」

天智天皇は強く激しい心臓の鼓動を感じていたが、中臣鎌足に優しい口調で話しかけた。

鎌足の意識はまだはっきり戻っていないようであった。

天智天皇のことが分からず、虚ろな目で遠くの空間を見つめている様であった。

鎌足の妻の鏡王女《かがみのおおきみ》は、前夫の天智天皇に向かい、

「天皇に行幸《ぎょうこう》賜りありがとうございます。鎌足も少しずつ意識が戻っている感じも致します。誠にお見舞いありがとうございます」

天智天皇に対して、深々と頭を下げた。

泣いた後なのか、鏡王女の目は赤く充血し、目の周りも腫れていた。

「鏡王女殿、久しぶりであったな。鎌足殿の一日も早い回復を願っています。何か必要なもの

があるようなら、遠慮なく言って下さい」

鏡王女に優しく言葉をかけて帰って行った。

三日ほどして、鎌足の意識も大分はっきりしてきたが、寝たきりのままで起き上がることが出来なかった。

「鏡王女殿、身体を少しも動かす事が出来ない。手も脚もどこも動かない」

鎌足は呂律《ろれつ》も回らず、言っていることがはっきり聞き取れない状態であった。

右手がかろうじて上がる程度であり、食事もよく呑みこむことが出来ず、ゆっくりの食事と少しずつの水分しか取れなかった。

鎌足も日に日に痩せて行くのが、だれの目にも分かった。

鎌足の顔からは、以前のような鋭い眼光や精悍な面影は消え失せていた。

十一月に入っても、鎌足の容体は変わらず顔もどす黒くなっていた。

「もはや、私は元のように身体を動かすことはできない。鏡王女殿、私の最後の願いであるが私の命を絶っていただきたい」

鎌足は涙ながらに妻の鏡王女に訴えていた。

十一月十三日に再び天智天皇が見舞いに訪れた。

「鎌足殿、具合はいかがですか」

前にもまして優しい口調であったが、鎌足の顔を見て天智天皇も一瞬ギョッとして息をのんだ。

以前の元気な頃の鎌足とは全くの別人であった。

痩せ細り、頬もこけ、顔色もどす黒くなっていた。

「はい、お見舞いありがとうございます。しかし、今の私は身体を動かす事ができません。また口も良く動かず、話す事も不自由で食事も食べられません」

鎌足は痩せ細った身体で弱弱しい震える声で、涙を流しながら天智天皇に痩せた右手をやっとのことで差し出した。

天智天皇は鎌足の右手をしっかり両手で握りながら、

「きっと元のようになりますよ」

と言ってから、鎌足の顔をしっかり見据えて、

「今日は鎌足殿に最高位の大織冠を贈り、内大臣に任じにきました。それと藤原姓を授けます。しっかり治して元気になって、また二人で良い倭国を作るために一緒に頑張って行きましょう」

そう鎌足を励まして、戻って行った。

「ありがとうございます。ありがとうございます」

鎌足はいつまでも天智天皇の帰っていった方向に目をやっていた。

鎌足は泣いていた。

しかし、涙を自分で拭くことも出来なかった。

鎌足と天智天皇との最後の別れであった。

西暦六四五年の乙巳の変から二十四年余りの歳月が流れていた。

翌日、鎌足のもとに子の不比等が母に呼ばれて訪れていた。

「父上、身体の具合はいかがですか」

不比等は、父の痩せて黒ずんだ顔を見たとき、あまりの変わりように胸が苦しくなり多くの言葉を発する事が出来なかった。

鎌足は十一歳の不比等の顔を見て泣くばかりであった。

以前の精悍で何事に動じない、逞《たくま》しく眼光の鋭い父とは別人であった。

「不比等、申し訳ないが父の命を絶ってほしい。これ以上長らえて、藤原鎌足としての恥をさらしたくない」

鎌足は声を振り絞り、やっとのことで発した声で一言、

「頼む」

と叫び、かろうじて動く右手で枕元に座っている不比等の膝に手を置いた。

不比等はその右手をしっかり握り返し意を決した。

不比等はそっとその手を鎌足の胸元に置いて席を外し、母の鏡王女に、

「父を死なせてあげましょう。あまりにも父が可哀そうです。私がやります」

とはっきりした言葉で言った。

「不比等殿、貴方にやらせるわけにはいきません。私がやります」

「母上、私が」

不比等が言いかけた、

「大丈夫、私がやります」

鏡王女は短剣を持って出て行った。

不比等も遅れて出て、鎌足の寝所の外で隠れる様に座した。

鏡王女は夫の鎌足の枕元に歩み寄った。

鎌足も鏡王女の青ざめて引きつった顔を見て察知した。

「鏡王女ありがとう」

と涙を流していた。

「鎌足様ありがとうございました。私は鎌足様の妻になれて幸せでございました」

鏡王女は微笑みながら涙を流し、瞬間鎌足の喉を短剣で払い、返す剣で頸動脈を切った。

鎌足は一瞬うめき声を上げたが、静かに死んでいった。

西暦六六九年十一月十四日早朝であった。

藤原鎌足五十六歳であった。

気丈にも鏡王女は不比等と共に、即刻天智天皇のもとに出向いて、一部始終の報告をした。

天智天皇は涙を流して聞いていた。

天智天皇（中大兄皇子）に藤原鎌足（中臣鎌足）は、影のように寄り添い深く強い信頼で結ばれ助け合ってきた二人であった、と言うより天智天皇がここまでやってこられたのは、十二歳年上の鎌足が居たからであり、心から鎌足のことを信頼し頼りにしていたからこそであった。

「お二人とも看病お疲れ様でした」

天智天皇もやっとのことで言葉を発したが、それ以上は涙があふれて言葉にならなかった。

その後、鎌足の妻の鏡王女は十四年後の西暦六八三年八月に病に倒れ三十九歳で生涯を閉じた。

鎌足と鏡王女の子の藤原不比等は四十一代持統天皇から四代の天皇に仕え、大宝律令の制定や日本書紀の編纂に係わった。

また四十二代の文武天皇の妃になったのは、藤原不比等の娘の藤原宮子であり、文武天皇と宮子との間の皇子が四十五代の聖武天皇である。

その聖武天皇の皇后になったのが藤原宮子の妹の藤原光明子《ふじわらこうみょうし》（光明皇后）である。

聖武天皇の即位後は日食が起こり地震が続き、また西暦七三七年に天然痘の大流行などあったことから、聖武天皇は仏教を深く信仰し、晩年には光明皇后と共に東大寺の大仏建立に力を注いだ天皇であった。

その様な人々によって中臣鎌足を祖とする、藤原氏繁栄の基礎が出来たと言える。

空虚《くうきょ》な日々

以前は強いきずなで結ばれていた、天智天皇と大海人皇子との関係は額田王と十市皇女の事があってから修復が難しい状態になっていた。

日が経つにつれて、大海人皇子の悔しさは益々強くなっていった。

鎌足が生きていれば、上手く二人の間に立ち、天智天皇を諫《いさ》めるところは諫めていたであろう。

天智天皇は鎌足の死後、盟友を失った寂しさと共に日常の話し相手もなく、一人空虚な日々を過ごしていた。

最近の天智天皇は天皇に即位した頃に、鎌足の頭を悩ませていた横暴で傲慢な振る舞いは影を潜めていた。

天智天皇は鎌足が亡くなったことにより、放心状態で何も考えられなくなっていた。

今更ながら、天智天皇は鎌足の存在の大きさを改めて噛みしめていた。

天智天皇の脳裏には、日々若かった頃の鎌足との思い出が走馬灯のようによぎっていた。

ここのところ、弟の大海人皇子とも疎遠になり、本当に信頼が出来るのは今や大友皇子しか居なかった。

大友皇子は二十一歳になっていたが考え方も幼く、天智天皇の真の相談相手になるだけの力量を持っていなかった。

また知識にも乏しく、群臣達からの信頼も薄かった。

多くの群臣達は、

「天皇は鎌足様が死去されて、すっかり元気がなくなってしまいましたね」

「まるで人が変わられてしまいましたね」

「大友皇子様は頼りなく、真の倭国の指導者が居なくなってしまいました」

と小声で囁き合っていた。

天智天皇は中臣鎌足の亡き後、相談する相手も居ない中で、自分の後継の天皇は大友皇子しかいない。

大友皇子を後継天皇にしようと一人心を固めていた。

一時は最も頼りにしていたのは弟の大海人皇子であったが、今や信頼出来ない。

いつ反旗を翻すか分からない存在になっていた。

天智天皇は一人でいろいろ考えているうちに、大海人皇子に強い不信感を持つようにもなってしまっていた。

鎌足が死んで一年三箇月後の西暦六七一年二月十九日に唐突に、大友皇子を太政大臣に任命した。

鎌足が生きていれば、やんわりと天智天皇を諌めたであろう。

また、有間皇子事件を煽動《せんどう》し功績を上げた、蘇我赤兄《そがのあかえ》四十九歳を左大臣に任命した。

皇太弟の大海人皇子には何の相談もない人事であり、大海人皇子の仕事のほとんどが大友皇子と蘇我赤兄に移り、大海人皇子は飾り物の皇太弟になってしまった。

もはや、私は天智天皇には不要な人間になってしまったか。

用心しないと殺害される恐れがあるな。

改めて、大海人皇子は自分の身の危険を感じていた。

数日後、大海人皇子は皇太弟を辞任した。

四十一歳であった。

「兄上様、ここの所体調が思わしくなく、大変申し訳ありませんが皇太弟を辞任させていただきたいと思っております」

大海人皇子は兄の天智天皇の前で丁寧に頭を下げた。

「分かった。大海人皇子、身体は大事に致せよ」

天智天皇は慰留もせずに、すんなり皇太弟の辞任を認め、すぐさま子の大友皇子を皇太子に任命した。

大海人皇子は内心不愉快であり、また強く身の危険を感じていた。妃の鸕野讃良皇女も、また皇子で十歳の草壁皇子も、夫であり父である大海人皇子のことを大変心配し、今後のことを不安にも思っていた。

鸕野讃良皇女は気丈にも大海人皇子に、

「いざとなったら、我が父である天智天皇と戦いましょう。まともに戦わず天智天皇に刺客を送りましょう」

と父の天智天皇と戦う心を見せていたが大海人皇子は、

「そう言っても兄の天智天皇は用心深く、何しろ私自身の身が危ない」

鸕野讃良皇女にうつむきながら話していた。

亡くなった大田皇女との皇子の大津皇子も九歳になっていたが、父の大海人皇子と天智天皇との関係は今後どのようになってゆくのか、子供心に大変不安に思っていた。

夏に入り蒸し暑い日が続いていた。

天智天皇の近くには、常に中臣鎌足が寄り添い、また弟の大海人皇子も良き相談相手として座していたが、今は誰も居なくなっていた。

時々、左大臣の蘇我赤兄が顔を見せるが、ただただ諂《へつら》うだけで話し相手にはならず、天智天皇にしてみると今までとは全く違って物足りなく空虚な日々であった。

天智天皇は何事にも自信を喪失して、やる気も起こらず精神的にも病んでいた。

鎌足が居ないと自分は何の決断もできないし、何の行動力もない。

今まで鎌足に頼りきって生きてきたのだと強く感じていた。

鎌足が亡くなって二年が経とうとしていた。

天智天皇も四十六歳になっていたが、この頃から体調に異変が出始めていた。

「最近、めまいがひどく吐き気もする。大友皇子、少しの間政務を変わってもらえないか」

天智天皇は寝込むことが多くなっていた。

若い頃から、鎌足と共に戦い続けてきた天智天皇は身体も心も疲れ切っていたのかも知れない。

中臣鎌足は亡くなり、弟の大海人皇子とは仲たがい状態になり心を許して気軽な会話ができる、ひと時もなくなっていた。

「父上、今年の夏は特に暑いようでございます。涼しくなれば体調も戻るでしょう」

大友皇子も天智天皇が体調を崩したりすると、自分の身が危なくなり大海人皇子に暗殺される恐れもある。

また、自分の母は低い身分であるので、父の天智天皇が倒れた場合、大友皇子は大きな後ろ盾が無くなるので父の病状を大変気遣っていた。

天智天皇も、大友皇子を後継の天皇にするための足場をしっかりと固めておく必要があったが、鎌足と大海人皇子との三人による専制政治であったがために、真に信頼のできる側近がいなくなっていた。

弟の大海人皇子が、私の病状を察知して謀反を起こすのではないか、大変気になる存在になっていた。

常々、天智天皇は頭を悩ませていた。

鎌足が生きていてくれれば、大友皇子の天皇即位に向けて本当の相談が出来たであったろう。

鎌足の幅広い強固な人脈があれば大友皇子のしっかりした、足場が固められたであったろう。

天智天皇は鎌足が居なくなってから、幾度となく自分の無力さ、また鎌足の偉大さを強く感じていた。


夏が終わり涼しくなってきても、天智天皇の病状は回復の兆しが見えず、かえって悪化している様であった。

十月十七日、十月中旬とはいえ北風が強く寒い日であった。

天智天皇は蘇我安麻呂を呼び寄せた。

蘇我安麻呂は、謀反の企てありと言うことで中大兄皇子時代に自害に追い込んだ、蘇我石川麻呂の弟の蘇我連子《そがむらじこ》の子であったが、現在は天智天皇の側近として仕えていた。

歳は三十七歳であったが、明朗で声は良く通り非常に理論的で弁が立つ人物であった。

天智天皇はやっとのことで起き上がり、安麻呂に向かって、

「弟の大海人皇子と話したい事があるので、大海人皇子をここへ連れて来て欲しい」

震える声であったが、口調はしっかりしていた。

蘇我安麻呂は以前から、大海人皇子とは大変親しい関係にあったが、天智天皇はそのことには気付いていなかった。

大海人皇子邸に着いた蘇我安麻呂は、

「天皇がお呼びでございます」

と静かな落ち着いた口調で大海人皇子に言った。

大海人皇子は一瞬言葉に詰まった。

「安麻呂殿、天皇のお呼びとは何事であろうか」

訳のわからぬ、得体の知れない恐怖心がよぎった。

「内容ははっきり分かりませんが、折り入ったお話があるようでございます。いずれにしても天智天皇に対してのお返事には充分注意をされた方が良いかと思われます」

蘇我安麻呂は大海人皇子のことを気遣い、また心配もしていた。


大海人皇子が天智天皇の前に着いたのは、夕方近くであった。

あたりは、うす暗くなり灯りがともっていた。

薄明かりの中で、久しぶりに会った天智天皇の顔は元気な時の顔とは大きく違っていた。

顔のしわも深く、目力も失っているように感じた。

「大海人皇子、しばらくであったな」

天智天皇は頬笑みながら、起き上がった。

「兄上様、お久しぶりでございます。お加減はいかがでございますか」

大海人皇子も心の内とは裏腹に、いかにも心配そうな顔をして挨拶を交わした。

「大海人皇子、ここしばらく体調が優れず困っているのだ。今の私の体調を考えた時に、実は貴方に後継の天皇に即位して貰いたいと思っているのだが」

思いもかけない唐突な言葉であった。

続けて、

「後継の天皇には弟が即位するのが正統であろう。大友皇子の母は身分も低く群臣達の理解が得られない可能性がある」

大海人皇子は先程の蘇我安麻呂の言葉が頭をよぎった。

ここで、後継の天皇を受けると、我が身が危険であるか。

とっさに、

「兄上様、大変ありがたいお言葉でございますが、今は私も体調も悪く、とても天皇をお受けすることができません。皇后様の倭姫王《やまとひめのおおきみ》様が後継の天皇に即位され、大友皇子様が皇太子をされるのが最も良いかと思われます」

続けて、大海人皇子は思いもかけぬことを言った。

「私は、明日にでも剃髪して出家し、吉野に下ろうかと思っております」

大海人皇子もとっさのことであったが、自分でも上手く言い逃れたと思っていた。

「分かった。それでは後継の天皇のことは少し考えてみよう」

天智天皇は少し鼻にかかったような震える声で力無く言った。


実はこの時、蘇我安麻呂も知らなかった事であるが、大海人皇子を暗殺するための三人の刺客が隣室で待構えていた。

大海人皇子の返答いかんで、天智天皇の命令で飛び出してくる手はずになっていたが、天智天皇からの暗殺命令は出なかった。

大海人皇子は帰り際、玄関を出る時に蘇我安麻呂に小声で、

「ありがとう。お陰で助かりました」

そう言って、薄暗くなった道を外で待機していた数人の家臣と共に急ぎ足で帰って行った。

翌日早朝、大海人皇子は剃髪を済ませて、小雨の中鸕野讃良皇女と草壁皇子それに二十人程の家臣と共に近江大津から吉野へと下って行った
父の天智天皇は、なぜに娘の私の命や弟の大海人皇子の命を執拗に狙ってくるのであろうか。

そこまでして子の大友皇子を天皇にしたいのであろうかと、鸕野讃良皇女（後の持統天皇）は父の天智天皇に憎しみすら感じていた。

大海人皇子や鸕野讃良皇女はこれからの、自分達の運命に大きな不安を抱きながら、皆言葉も無く、うつむき加減に足を引きずるように歩いて吉野に向かって行った。

大海人皇子が自らの暗殺計画があったことを知るのは、五日後で蘇我安麻呂からもたらされた。

大海人皇子はその報を聞き激怒し、兄の天智天皇に対する憎しみを一層強くした。

間もなく勃発する壬申《じんしん》の乱の序曲が始まりつつあった。

新時代へ

西暦六七一年十二月に入っても天智天皇の病は一向に良くなる気配はなく、逆に悪化して行った。

看病にあたっている女性は主に三人であった。

一人は皇后で二十九歳の倭姫王《やまとひめのおおきみ》である。

倭姫王の父は当時の中大兄皇子（天智天皇）によって殺された古人大兄皇子であった。

もう一人は妃で四十一歳の姪娘《めいのいらつめ》であり、姪娘の父も当時の中大兄皇子により一族郎党自害に追い込まれた蘇我石川麻呂であった。

また、もう一人も妃で四十二歳の橘娘《たちばなのいらつめ》であった。

父は当時左大臣であった阿倍内麻呂であるが、その阿倍内麻呂も中大兄皇子の命令により内密に殺害されたわけである。

橘娘も父の死の真相は噂ではいろいろ聞いていたが、今となっての真実は藪の中であり知る由もなかった。

三人とも、それぞれ複雑な思いを持ちながら、お互いに会話もなく黙って世話をしていた。

大友皇子の妃の十市皇女《とおちのひめみこ》も、異母弟の高市皇子と愛し合っていたにも関わらず、引き裂かれて大友皇子に嫁いできていたが、時々は天智天皇の見舞いに訪れていた。

皆、よそよそしく天智天皇に接していた。

病に倒れた天智天皇が、本当に心を許せる者、また本当に頼れる者は誰もいなかった。

十二月下旬になると、天智天皇の病はかなり悪化していた。

話す事も出来ず、苦しそうにやっと呼吸をしていた。

顔色も茶褐色になり、呼びかけても反応がなかった。

若かった頃の精悍な面影、異常なまでの鋭い眼光は消え失せ、ただただ荒い呼吸にあえいでいた。

今や死を待つ、何の力もない老人に見えた。

「もう、回復は望めませんね。父が亡くなると、私は大海人皇子に殺されるかもしれませんね」

大友皇子が涙を拭きながら皇后の倭姫王に独り言のように呟いた。

大友皇子の大きな後ろ盾が消滅しかけていた。

年が明けて、西暦六七二年一月七日は昨夜からの、みぞれが未明から本格的な雪に変わり積もり始めていた。

早朝に天智天皇危篤の報を受けて、皇后の倭姫王、姪娘、橘娘それに大友皇子らの親族が集まっていた。

天智天皇の心臓の鼓動も、しばらく前から正常な動きではなく何度も止まりかけていた。

手足は氷のように冷たくなっていた。

喘《あえ》ぐ様に、口をあいてやっと呼吸していたが、だんだん呼吸も浅くなってきたようであった。

間もなくして心臓の鼓動が停止した。

瞬間、溜息のように大きく息を吐いた。

身体の全ての動きが止まった。

天智天皇、四十七歳の生涯であった。

天皇即位後わずか三年十一箇月での崩御であり、盟友の中臣鎌足（藤原鎌足）の死後、二年二箇月で鎌足の後を追うように、この世を去って行った。

一つの大きな時代の幕が降りた。

周りに集まっていた親族で泣く者はいなかった。

静かに天智天皇の最期を見守っていた。


西暦六四五年に決行された、乙巳の変から二十六年余りの歳月が流れていた。

当時の中心的な存在であった、蘇我倉山田石川麻呂は乙巳の変から四年後の西暦六四九年に中大兄皇子（天智天皇）により謀反の疑いをかけられ自害に追い込まれて四十二歳の生涯を閉じた。

孝徳天皇も中大兄皇子を恨みながら西暦六五四年に五十九歳で崩御した。

気強く冷酷であった、斉明天皇（皇極天皇）は西暦六六一年に遠い筑紫国で唐と新羅の連合軍と倭国との戦いを心配しながら疫病により六十八歳で崩御した。

最後まで中大兄皇子に影のように従っていた、中臣鎌足は西暦六六九年に落馬事故により五十六歳で壮絶な死を遂げた。

天智天皇の死により、乙巳の変を主動し成功に導いた同志達は全て身罷《みまか》られ、新しい時代に向かって動き出していた。


西暦六七二年六月、壬申《じんしん》の乱が始まろうとしていた。

天智天皇の後継を争う、古代日本最大の内乱である。

この時代は、天皇の次の実力者の同母弟が天皇に即位することが一般的であったが、天智天皇は子の大友皇子を後継としていた。

壬申の乱は天智天皇の同母弟《どうぼてい》の大海人皇子と、子の大友皇子との皇位を巡る戦いである。

大友皇子に嫁した十市皇女にとっては、実の父の大海人皇子と夫との戦いである。

また、十市皇女が深く愛していた、異母弟の高市皇子は大海人皇子から軍事の全てをゆだねられ、十市皇女の夫の大友皇子軍と激しく戦うことになる。

二十歳の十市皇女にとって、苦しく心の痛い悲劇的な戦いであった。


七月に入り、大友皇子が天智天皇陵の造営の名目で兵士と思われる多くの人夫を集め出している。

また近江大津から吉野に通じている道に物見を造り、道を封鎖しようとしている。

との情報が大海人皇子にもたらされたが、その情報は極秘のうちに、十市皇女から、蘇我安麻呂によって大海人皇子に伝えられた。

この道を塞《ふさ》がれると食糧が吉野に入ってこなくなる。

大海人皇子はその情報に怒りと恐怖を覚え、急遽の側近の村国男依《むらくにのおより》ら三人を、自分の領地の美濃の安八郡《あんぱちぐん》の湯沐邑《ゆのむら》に派遣して、多品治《おおのほんじ》と連絡を取り東国からの兵を集め、近江から美濃に通じる不破の道を封鎖するように命じた。

この不破の道を封鎖しておけば、大友皇子は東国からの兵を集められなくなる。

村国男依と多品治らは、即刻三千の兵を集め不破の道を塞ぐことに成功し無事に任務を果たした。

村国男依はまだ二十代前半の年齢で無位無冠の若者であったが、その後壬申の乱で大活躍をすることになる。

七月二十四日大海人皇子は鸕野讃良皇女《うののさららのひめみこ》を伴い三十人ほどの従者と共に徒歩で吉野から一六〇キロ余り離れている美濃に向かった。

途中で雨が降り出したが、皆ずぶ濡れになりながらも黙って、急ぎ足で美濃を目指していた。

翌日の伊賀越えは、敵将の大友皇子の母が伊賀の出であり敵陣の中を進まなければならず決死の覚悟で向かったが、逆に反天智天皇、反大友皇子と思える豪族の兵士が三百名ほど加わった。

大海人皇子はホッと安堵して、兵士達に丁寧に頭を下げて感謝の意を表した。

この頃は横暴であった天智天皇を嫌い、また頼りない大友皇子を見限って、多くの地方豪族が大海人皇子に味方し始めていた。

二十六日に大津を脱出した高市皇子《たけちみこ》軍千人と合流し、子の高市皇子の無事な顔と千人の兵士を見て大海人皇子は涙を流して喜んだ。

またその日に村国男依が馬を走らせ、三千人の兵で不破の道を塞いだとの報告に戻ってきた。

その後、鈴鹿の関所で五百人程の兵士が加わり、東山道から東海道を通じて東に向かう要所の鈴鹿の関所も抑えることが出来た。

その翌日の早朝に大津を脱出してきた大津皇子らと合流して大海人皇子は嬉しさで満面の笑みをたたえて美濃に入った。

高市皇子と大津皇子は、当時大津で暮らしていたが大津からの脱出の手助けをしたのが大分君《おおきだのきみ》稚臣《わかみ》であった。

大分君稚臣は大津皇子と共に大海人皇子に合流し、高市皇子軍と共に美濃に入った。

大海人皇子が美濃に入ったときは尾張、美濃、三重からの援軍が二万人以上集まっていたと言われている。

七月三十一日に高市皇子の指揮下で村国男依軍は大分君稚臣と共に、美濃から不破を通って琵琶湖東岸の東山道から近江大津に向かう順路で出撃していった。


一方、大友皇子率いる近江朝廷軍は東国への道は塞がれ、吉備、筑紫からの出兵は断られたが、近隣諸国の兵士の協力を何とか得ることに成功して、大海人皇子軍と同日の七月三十一日に主力部隊が現在封鎖されている不破に向けて進軍して行った。

しかし、途中で内部での意見対立が表面化し、総帥《そうすい》的立場にあった山部王《やまべのおおきみ》が内紛により殺されたことにより統率が取れなくなり、不破の戦いで村国男依が先陣に立つ大海人皇子軍に惨敗した。

大海人皇子は続けて、大友皇子に抑えられている飛鳥の地を最重要な場所と考え、強靭な大《おお》伴吹負《とものふけい》軍を飛鳥に送った。

大伴吹負軍が飛鳥に向け出撃したとの情報を得た大友皇子は、直ちに飛鳥に向け大軍を送りだした。

大伴吹負軍は飛鳥と難波周辺で大友皇子軍と一進一退の激戦の末、やっとのことで飛鳥を大友皇子軍から奪取した。

飛鳥を奪取したことにより、美濃から琵琶湖東岸の東山道に向けて出撃している村国男依軍と飛鳥から難波方面に軍を進める大伴吹負軍との二正面作戦を取ることが出来るようになった。

その後一箇月に及ぶ戦であり、大海人皇子軍二万人以上、大友皇子軍約二万人のほぼ互角の兵力が各地で激突し激戦が繰り広げられたが、大友皇子軍は飛鳥方面に大軍を送ったことにより、他の方面の軍勢が手薄になり敗戦につながっていった。

もう一方の大海人皇子軍は琵琶湖の北側から三尾城《みおのき》の戦いに勝ち近江に入り、大伴吹負軍は飛鳥から難波に入り琵琶湖の南側から山前《やまさき》を目指した。

村国男依軍は、美濃を出てから東山道に入り琵琶湖東岸での鳥籠山《とこのやま》の戦い、安河浜《やすのかわのはま》の戦いに勝ち、八月十五日の栗太《くるもと》の戦いにも勝ち、十九日には瀬田の唐橋付近まで進軍してきた。

当時の瀬田の唐橋の長さは二五〇メートル程と思われ、西暦六六七年の天智天皇による近江大津宮に遷都の時に朝廷の威信をかけて架橋されたと考えられている。

大友皇子軍は唐橋の橋板を外して橋を渡れないようにして最後の防戦を試みたが、村国男依と行動を共にしていた大分君稚臣が鎧を重ね着して雨のように飛んでくる矢をものともせず橋を渡り切り敵陣に突進していった。

そのあとに続いて村国男依軍も全員が橋を渡りきり、大津宮を目指して進軍した。

八月二十日に最後の主戦場であった瀬田の唐橋で大友皇子側の主力軍が大敗し、大友皇子は山前まで敗走したが山前には大伴吹負軍が進軍しており、翌日の二十一日に大友皇子は負けを悟り無念の涙を流しながら自害に至った。

二十五歳の生涯であった。

即刻、大友皇子の首は切り落とされ塩漬けにされ、八月二十四日に美濃国不破郡の本営にいる大海人皇子に届けられた。

大海人皇子は塩漬けにされた大友皇子の首を見て、

「若くして哀れであった。天皇になりたがらずに何もせずにおとなしくしておれば、命長らえたであろうに」

一言呟いた。

八月二十六日に大海人皇子は高市皇子に命じて大友側の左大臣であった蘇我赤兄ら全ての群臣達を処罰させた。

勝者の大海人皇子は翌年の西暦六七三年三月二十日に飛鳥浄御原宮《あすかきよみはらのみや》で四十代天武天皇として四

十三歳で即位した。

その後、天武天皇政権は、西暦六八六年十月一日に天武天皇が五十六歳で崩御するまで十三年余り続いた。


村国男依は壬申の乱の功績として冠位二十六階の六位にあたる、外小紫《がいいしょうし》を贈られると共に百二十戸の褒章を与えられた。

しかし、地方豪族の出身であることから、中央の要職に就くことはなく、壬申の乱の四年後の西暦六七六年にまだ二十歳台の若さで死去したと言われている。

大分君稚臣は冠位二十六階の十位にあたる外小錦上を贈られたが、やはり中央の要職には着くことなく西暦六七九年に四十歳頃死去したと思われる。

大伴吹負は右大臣であった大伴長徳の一族であり、長徳の死去後は不遇であったが壬申の乱の功績により冠位二十六階の八位にあたる大錦中《だいきんちゅう》を贈られ、その後常陸国守《ひたちのくにのかみ》を務めたが西暦六八三年に死去する。

天智天皇と大海人皇子が最後に会ったときに、天智天皇の家臣でありながら大海人皇子に助言して大海人皇子を助けた、蘇我安麻呂は壬申の乱は大海人皇子側で戦ったが戦死した。

三十八歳であった。

蘇我安麻呂の戦死の報を聞いた時、十市皇女は泣き叫んで悲しんだというが心の内は不明である。

また壬申の乱で夫の大友皇子の自害後に十市皇女は、父の天武天皇のもとに身を寄せていたが、天武天皇の皇后の鸕野讃良皇女からみると、天武天皇と額田王との娘であり十市皇女は肩身が狭く精神的に苦しい生活であったと思われる。

十市皇女は苦しみと悲しみの中で、五年後の西暦六七八年五月に二十六歳で生涯を閉じることになる。

自殺説、暗殺説があるが死因は明らかではない。

壬申の乱で大海人皇子軍の総大将として活躍した、天武天皇（大海人皇子）の子の高市皇子は当時十九歳であったが、天武天皇の皇子の中で、草壁、大津に続く三番目の地位を与えられた。

また、天武天皇と大田皇女との皇子で二番目の地位であった大津皇子は非常に文武に優れた怜悧な皇子であり、十歳で壬申の乱に参戦し功績を上げたが、天武天皇の崩御後の西暦六八六年十月に天武天皇の皇后の鸕野讃良皇女（後の持統天皇）に謀反の疑いをかけられ、二十四歳で自害に追い込まれている。

天武天皇と鸕野讃良皇女の皇子で天皇の最有力候補であり、一番の地位にいた草壁皇子も西暦六八九年五月に二十七歳で急逝。

暗殺説もあるが、死因は不明である。

鸕野讃良皇女は壬申の乱を夫の天武天皇と共に戦い、勝利した後は天武天皇の皇后になり、天武天皇崩御後三年余りの年月が過ぎた、西暦六九〇年一月に女性として三人目の四十一代持統天皇として四十六歳で即位した。

持統天皇即位時には一番目の地位にあった我が子の草壁皇子が薨去《こうきょ》し、また二番目の地位にあった大津皇子も死去していたため、三番目の地位にあった高市皇子が太政大臣に任命された。

高市皇子は西暦六九六年八月に四十三歳で薨去するまで持統政権を支えたと言われている。

持統天皇は七年余り天皇に在位していたが、西暦六九七年八月に草壁皇子の子で自分の孫にあたる十四歳の文武天皇に譲位した。

その後、史上初の太上天皇となり、西暦七〇三年一月に五十九歳で崩御するまで絶対的な力を保持していた。

天智天皇の皇后であった、倭姫王は壬申の乱では大友皇子側に付いたが敗戦により三十歳で生涯をとじたと言われている。

また、姉の遠智娘が早世した後、姉の皇女の大田皇女と鸕野讃良皇女（持統天皇）を、自分の二人の皇女と共に育てた、天智天皇の妃の姪娘も壬申の乱では大友皇子側について戦ったが同じく敗戦により四十二歳で死亡したと思われる。

鸕野讃良皇女は姪娘に幼少期に育ててもらった恩を感じて、姪娘の二人の皇女の御名部皇女《みなべのひめみこ》は側近で太政大臣の高市皇子に、またもう一人の阿閇皇女《あへのひめみこ》は自分の子の草壁皇子に嫁がせた。

草壁皇子に嫁いだ阿閇皇女は西暦七〇七年に女性として史上四人目の四十三代元明天皇《げんめいてんのう》として四十八歳で即位し、その元明天皇によって西暦七一〇年に藤原京から平城京に遷都が行われ、飛鳥時代から奈良時代へと移って行った。

また、元明天皇のもとで西暦七〇八年から和同開珎《わどうかいちん》の鋳造、発行が行われたと推測されている。

額田王は壬申の乱には関わらず、西暦六九〇年に六十一歳で亡くなるまで歌人として生きたと伝えられている。

男達の激しい権力争いの中で、たくましく生きた女性達、また悲しく時代に翻弄されて行った女性達と様々であった。

激動、混乱する時代の中で哀しみ、苦しみ、そして裏切りに耐え孤城の中で蠢《うごめ》きながら必死に生きた人々であった。


すべてが終わり、新しい時代が始まろうとしていた。

この大化の改新の中で西暦六八九年に天武天皇により飛鳥浄御原令《あすかきよみはらりょう》が、また西暦七〇一年の文武天皇時に藤原鎌足の子の藤原不比等らによって大宝律令が編纂《へんさん》された。

残念ながら今は大宝律令の原文は存在していないが、この大宝律令により中央集権体制が成立した。

また、飛鳥浄御原令で天皇という称号が、大宝律令で日本という国号が制定されたとも言われている。

今の日本の基礎が出来たと思われる、古代の最も重要な時代であった。

参考文献

『国史大辞典』 国史大辞典編集委員会〔編〕 吉川弘文館
『蘇我氏 古代豪族の興亡』 倉本一宏〔著〕 中央公論新社
『古事記』 倉野憲司〔校注〕 岩波書店
『壬申の乱』 倉本一宏〔著〕 吉川弘文館
『古代日本の女帝』 上田正昭〔著〕 講談社
『日本古代の政治と人物』 青木和夫〔著〕 吉川弘文館
『日本古代国家の研究』 井上光貞〔著〕 岩波書店
『天武天皇』 川崎庸之〔著〕 岩波書店
『日本古代政治史の研究』 北山茂夫〔著〕 岩波書店
『古代国家の成立』 直木孝次郎〔著〕 中央公論新社

村木　哲史（むらき てつし）

昭和24年　埼玉県行田市生まれ。
不動岡高校から順天堂大学に進み、
行田市教育委員会、高等学校勤務を経て現在に至る。
著作に『蠢く陰影（うごめくいんえい）』風詠社（2024年）がある。

孤城《こじょう》の蠢《うごめ》き　中大兄皇子《なかのおおえのおうじ》の野心《やしん》

2025年4月29日　第1刷発行

著　者　　村木哲史

発行人　　大杉　剛
発行所　　株式会社 風詠社
〒553-0001　大阪市福島区海老江5-2-2 大拓ビル5 - 7階
TEL 06（6136）8657　https://fueisha.com/
発売元　　株式会社 星雲社（共同出版社・流通責任出版社）
〒112-0005　東京都文京区水道1-3-30
TEL 03（3868）3275
印刷・製本　シナノ印刷株式会社

ISBN978-4-434-35604-9 C0093